Jonathan Robijn

KONGO BLUES

Kriminalroman

Aus dem Niederländischen übersetzt
von Jan-Frederik Bandel

Edition Nautilus

Die Originalausgabe des vorliegenden
Buches erschien unter dem Titel
Congo Blues bei Uitgeverij Cossee, 2017

FLANDERS LITERATURE

Dieses Buch wurde mit Unterstützung
von Flanders Literature herausgegeben.

Edition Nautilus GmbH
Schützenstraße 49 a
D-22761 Hamburg
www.edition-nautilus.de

Deutsche Erstausgabe März 2019
Umschlaggestaltung:
Maja Bechert, Hamburg
www.majabechert.de
Druck und Bindung:
CPI – Clausen & Bosse, Leck
1. Auflage
ISBN 978-3-96054-186-8

für Karine, Ani, Lisa, Nina und Eva

»Die Zeit ist ein gefährlicher Feind.«
Imre Kertész

»Die Verwurzelung ist vielleicht das wichtigste und meistverkannte Bedürfnis der menschlichen Seele.«
Simone Weil

I

1

Als Morgan am Neujahrsmorgen gegen sieben Uhr von der Bäckerei De Graaf heimging, sah er sie, zusammengesackt an der Wandbegrünung vor Smolders' Fahrradwerkstatt. Sie hatte die Knie angezogen, die Arme über Kreuz, ihr Kopf ruhte darauf. Sie trug ein kurzes Kleid und schwarze Nylonstrümpfe, hochhackige Riemenschuhe, einen dicken Mantel und eine schwarze Mütze mit einem Wort darauf, es endete mit »-onix«. Trotz der Kälte hatte sie keine Handschuhe an. Angela. Er erkannte sie sofort, wie sie da zwischen den Kletterpflanzen saß und auf ihn wartete. Ihre Schultern, ihre Hände, in all den Jahren hatte sie sich kaum verändert.

Die Straße, die parallel zur Bahnstrecke verlief, war zu dieser frühen Stunde wie leergefegt, die eine Hälfte der Stadt feierte noch den Beginn des neuen Jahrs, die andere Hälfte schlief bereits. In der Ferne konnte man Rangierarbeiten im Bahnhof hören und das Geräusch eines Generators, der eine Wasserpumpe antrieb. In der Luft hing, wie stets, nur der Gestank von Braunkohle, in den sich der Geruch nächtlicher Vergnügungen mengte.

Morgan war überrascht, aber er ging weiter, ohne sich nach ihr umzusehen, er nahm an, dass sie in der Silvesternacht zu viel getrunken hatte, was ihr ähnlich sah, doch nach fünfzig Metern drehte er um und lief zurück. Man las in der Zeitung immer wieder von Alkoholikern, die auf einer Parkbank der Kälte zum Opfer gefallen waren. Jedes Jahr gab es einige Betrunkene, die erfroren. Er beugte sich zu ihr herab und berührte ihre Schulter. Zarte, herabhängende Schultern, die traurig wirkten, trotz des dicken schwarzen

Mantels, der sie umhüllte. Mit einer Hand umklammerte sie das Knie, die andere Hand war geschlossen, als verstecke sie etwas vor ihm. Wollte sie ihn überraschen? Versteckte sie den Fingerhut, den sie manchmal nachts sein Rückgrat hatte entlanggleiten lassen? Oder die Stimmgabel, die sie an Stellen zum Schwingen gebracht hatte, wo nur er sein Ohr haben durfte? Sie reagierte nicht. Aus der Mütze lugten ihre kornblonden Locken hervor, durch die er so häufig mit den Fingern gefahren war.

»Hallo?« Sie atmete ruhig.

Es begann zu schneien. »He«, sagte er mit der beruhigenden Stimme eines Mannes, der sich durch nichts und niemanden aus der Fassung bringen lässt, »soll ich einen Krankenwagen rufen?«

Keine Reaktion. Er wohnte ein paar Häuser weiter, hundert Meter von der Stelle, wo sie saß, zusammengekauert. Er hatte im ersten Stock eines alten Stadthauses ein Zimmer gemietet, das so klein war, dass er nur selten Gäste empfing. Schon die Vorstellung, »Gäste zu empfangen«, musste einen zum Lachen bringen. Er hatte alles Stück für Stück in Sozialkaufhäusern und auf Trödelmärkten zusammengekauft: einen niedrigen Couchtisch aus Plastik, einen gelben Kunstledersessel, das Bett hatte ein buntes Untergestell, wie man es vielleicht aus Filmen kennt, einen Esstisch, von dem die Farbe abblätterte, vier unterschiedliche Stühle, einen Schrank. Und neben dem Klavier ein Regal mit Schallplatten, die die gesamte Musikgeschichte der letzten zwanzig Jahre umspannten. In dieser Gegend waren die Häuser noch bezahlbar, zweifellos wegen des Lärms der nahe gelegenen Eisenbahn, dieses typischen Denggg, Denggg, Denggg der Reisenden. Smolders behauptete immer, es sei etwas ruhiger geworden in der Gegend, seit die Fabrik geschlossen war, es führen weniger Züge und die größte Plage seien nun die streunenden Katzen und die Junkies, die sich das Areal teilten.

Die Nachbarn kannten einander mit Namen, außer Morgan, ihm waren die Nachbarn egal, er kannte nur Herrn Vermeersch, den Hausbesitzer, dessen wichtigste Eigenschaft darin bestand, seine Mieter in Ruhe zu lassen, solange sie regelmäßig bezahlten und es auf seinem Grund nicht zu gröberen Gesetzesverstößen kam. Den jungen Mann, der unten ein regelrechtes Bordell betrieben hatte, hatte er mit einigen knappen, wohlgewählten Worten vor die Tür gesetzt. Herr Vermeersch duldete alles, solang es die Grenzen des Anstands nicht verletzte, er stellte keinerlei Fragen. Er war wohl dreißig, vielleicht sogar jünger, Ende zwanzig, immer sportlich gekleidet, unrasiert und mit einem Haarschnitt, von dem die Prinzen nur träumen konnten. Er stand nie unangemeldet vor der Tür, grüßte freundlich, wenn er Morgan im Treppenhaus begegnete, und klagte nur selten über die schwindelerregende Menge von Gerümpel, das sich im Hof hinter dem Haus stapelte, wenn der Sommer zu Ende ging, oder die gelegentlich recht ausschweifenden nächtlichen Aktivitäten einiger Mieter. Manche davon lebten über Jahre im selben Zimmer, andere blieben nur ein paar Wochen.

»Hallo?«, sagte er jetzt etwas lauter. »Es schneit. Du kannst hier doch nicht sitzen bleiben.«

Immer noch keine Reaktion. Sie ihrem Schicksal überlassen? Das brachte er nicht übers Herz. Er sah es schon in der morgigen Zeitung stehen: »Junge Frau erfroren. Nachbarn haben angeblich nichts gesehen.« »Und Sie, mein Herr?« Das rote Lichtchen oben an der Kamera, das Mikrofon in Brusthöhe, er sah es schon vor sich.

Er stellte die Tüte mit dem Brot ab, packte die junge Frau unter den Armen und richtete sie auf. Ungeachtet der frühen Morgenstunde rief sie in ihm die Erinnerung an einen Stapel an der frischen Luft getrockneter Wäsche hervor, derselbe Geruch wie damals. Sie war schlank und etwas größer als er, und als sie seinen Griff um ihre Taille spürte, schlang sie die Arme um ihn. Es war wohl ein Reflex, unwillkürlich, wie wenn das Knie sich streckt, weil der Arzt mit einem Hämmerchen dagegenschlägt.

Mit viel Mühe gelang es ihm, sie die Treppe hinaufzuschleppen, ohne sie oder das Brot fallen zu lassen und ohne die anderen Bewohner des Hauses aufzuwecken. Als er den Zimmerschlüssel suchte, entglitt ihm die junge Frau beinahe doch noch. Kurz darauf lag sie auf dem Bett. Wenige Augenblicke später drehte sie sich auf die Seite und zog die Beine an. Er nahm ihr Schuhe und Mütze ab. Ihre Widerspenstigkeit – da war sie wieder, er bemerkte sie in ihren blonden Haaren, die viel länger waren, als es unter der Mütze den Anschein gehabt hatte, an der makellosen weißen Haut, den dünnen Augenbrauen, den feinen Lippen mit Resten von Lippenstift in den Mundwinkeln, der spitzen Nase und dem Streifen auf der linken Wange, offensichtlich ein Abdruck des Mantels, auf dem ihr Kopf gelegen hatte. Auf ihren Wangen hatte die Kälte einen blassroten Ton hinterlassen, und auch ihre zarten Finger waren rot von der Kälte, die Klavierfinger, die so oft über die höchsten Akkorde geglitten waren, während er sich der unteren Oktaven angenommen hatte. Was ihn aber am meisten erstaunte, war die Sorglosigkeit, mit der sie dort auf dem Bett lag. Ein junger Vogel, der eben etwas verfrüht seiner Mutter aus dem Nest gepurzelt war, das war's, woran sie ihn erinnerte. Sie atmete tief ein und aus. Kein Alkoholgeruch. Er fand im Schrank eine Decke und breitete sie über sie.

Gerade als er sich abwenden wollte, um endlich zu frühstücken oder den Rettungsdienst anzurufen oder aus dem Fenster zu schauen, den Schneeflocken zuzusehen und dabei zu überlegen, was er mit ihr anstellen sollte, fiel ein Briefumschlag auf den Boden. Ein einfacher, länglicher weißer Umschlag ohne Briefmarke, ohne Empfänger oder Absender, aber viel dicker als die Briefe, die er bekam. Eigentlich bekam er nie Briefe, nur Rechnungen. Er bückte sich, um den

Umschlag aufzuheben. Er war nicht zugeklebt. Es waren 10.000-Franc-Scheine darin, vier Bündel, auf der Banderole eines Bündels las er: *25 x 10.000 Bfr.* Vier Bündel, hundert 10.000-Franc-Scheine, eine Million, in einem weißen Briefumschlag, in der Manteltasche eines Mädchens, das vielleicht zwanzig war und am Neujahrstag an einer Mauer eingeschlafen war, während es zu schneien begann. Na klar, dachte er, Silvester, da braucht man Geld. Sie bemerkte nichts, sie schlief. Er sah, dass die Manteltasche, in der sich das Geld befunden hatte, mit einem Knopf verschlossen wurde, und ihm war klar, dass der Knopf auf dem Weg von Smolders' Fahrradwerkstatt zu seinem Zimmer aufgegangen sein musste. Er verschloss den Umschlag wieder, steckte ihn in die Manteltasche und schob den Knopf durch das Knopfloch.

Es war schon beinahe Mittag, als sie endlich aufwachte. Sie setzte sich auf und schüttelte, wie es sich für einen Jungvogel gehört, mit einem unwillkürlichen Schauder das Gefieder aus. Morgan hatte den ganzen Vormittag dagesessen und sie genau angesehen, hatte Züge an ihrem Körper und in ihrem Gesicht wahrgenommen, die ihm auf den ersten Blick entgangen waren, hatte andächtig ihrem Atem gelauscht und sich gefragt, wie es möglich war, dass jemand, der Angela so ähnlich sah, auf einmal in seinem Bett gelandet war. Sie hatte tief geatmet, ruhig und unbesorgt. Einoder zweimal hatte sie ein Geräusch gemacht, ein sanftes, klägliches Geräusch, ein Stöhnen, aber nicht beunruhigend oder erschreckend, wahrscheinlich hatte sie von ihrer Vogelmama geträumt. Die blassrote Färbung war von ihren Wangen gewichen, sie hatte eine leicht gebräunte Haut, die die hohen Wangenknochen unterstrich. Eine Hand hatte sie unter das Kopfkissen geschoben, die andere ruhte zwischen den Knien. Ihre Haare hatten sich auf der Stirn verteilt. Der Ausdruck in ihrem Gesicht hatte sich im Laufe des Vormittags kaum verändert, sie hatte noch immer die Sanftheit eines Kükens.

Sie wachte auf, blinzelte, versuchte, einen neuerlichen Schauder zu unterdrücken, der ihr den Rücken hinunterlief, machte eine Vierteldrehung und sah sich um. Morgan saß am Tisch und las eine Billie-Holiday-Biografie, vor sich eine Tasse Kaffee, er schaute so unbeteiligt wie möglich. Sie schlug die Decke auf, und er bemerkte, dass sie unauffällig mit der Hand über die Manteltasche strich, so unauffällig, dass er fast Lust bekam, eine Anspielung auf die Bedeutung von Geld zu machen, auf das letzte Mal, dass er im Lotto gewonnen hatte. Nichts verriet, ob das, was sie fühlte, sie beruhigte. Ihre Augen waren klug, dunkelbraun, der Blick war grob und etwas schlicht, aber doch ungewöhnlich und ehrlich. Darin unterschied sie sich von Angela, die hatte auch ehrliche Augen, aber sie waren graublau. Sie setzte sich aufrecht hin, schaute ihn abwartend an, ohne ein Wort zu sagen, schob mit den Fingern ihre Haare zurück, rieb erst ihre Augen, dann ihre Schultern, als wäre ihr kalt. Es war warm im Zimmer, er hatte die Heizung ihretwegen ein paar Grad höher gestellt. Die Wettervorhersage hatte richtig gelegen, es hatte den ganzen Vormittag heftig geschneit, und die Stille draußen machte es drinnen ruhig und gemütlich.

Das Erste, was sie sagte, war: »Spiel mal was«, sie wies auf das Klavier, das neben dem Regal mit den Schallplatten stand. Ihre Stimme passte zum Ausdruck in ihrem Gesicht, sie war forsch, aber auch warm, sanft, fast schon lieb.

Er setzte sich ans Klavier und begann, ein Stück von Thelonious Monk zu spielen, ruhiger Jazz, die ideale Musik, um das neue Jahr einzuleiten. Und außerdem Musik, zu der man gut aufwachen konnte – oder sich umdrehen und noch einmal einschlummern. Er hatte dieselbe Nummer gestern am Silvesterabend gespielt, und der Beifall war so groß gewesen, dass er sie nach dem Jahreswechsel – es war wohl schon drei Uhr morgens – noch einmal spielen musste.

Sie stand auf und setzte sich zu ihm an den Tisch. Als sie saß, öffnete sie die Knöpfe ihres Mantels, und er sah, dass sie darunter eine graugrüne Bluse trug, die vom Schlafen ziemlich zerknittert war. Er hörte kurz auf zu spielen, nahm eine Tasse von der Anrichte, schob sie in ihre Richtung und wies auf die Kaffeekanne. Dann bewegten sich seine Finger erneut von Akkord zu Akkord. Sie schob die Tasse von sich weg, verschränkte die Hände, legte sie vor sich auf den Tisch und sah sich, während sie der Musik lauschte, die Fotos an, die zu Dutzenden an der Wand neben ihr hingen. Fotos von Auftritten in Paris, London, Brüssel, Amsterdam, Fotos, die noch einige Jahre älter waren und auf denen er gemeinsam mit Berühmtheiten wie Jef Gilson und Pierre Michelot spielte, Fotos vom bescheidenen Erfolg, den er einmal gehabt hatte. Sie waren alles, was davon geblieben war, sogar sein wildes Haar war verschwunden, und jedes Mal, wenn er einen Blick auf die Fotos warf, wurde er schwermütig. Sie betrachtete die Bilder mit oberflächlichem Interesse, und er bemerkte in ihrem Blick eine Selbstgewissheit, die zu ihrem Alter nicht passen mochte.

Als die letzte Note verklungen war, zog sie die Tasse mit einer wehmütigen Bewegung wieder zu sich heran, nahm die Kaffeekanne und schenkte sich ein. Einen Augenblick lang blieben ihre Augen an Morgans Händen hängen, als wäre sie fasziniert vom Anblick seiner schwarzen Finger auf den elfenbeinernen Tasten. Sie erzählte nicht viel an diesem Morgen, nur dass sie Simona hieß. Sie erkundigte sich, wie sie in seinem Bett gelandet sei, und er erklärte ihr, wie er sie vor Smolders' Fahrradwerkstatt gefunden hatte, in der Wandbegrünung. Sie konnte sich, wie sie einräumen musste, nicht erinnern, wie sie am Morgen dorthin gekommen war. Die hundert 10.000-Franc-Scheine erwähnte sie nicht, und er fragte auch nicht danach.

Als sie eine halbe Stunde später aufstand, dankte sie Morgan für die Hilfe und setzte lächelnd – zum ersten Mal an diesem Morgen lächelte sie – hinzu, dass der Neujahrsmorgen für sie von nun an stets mit dieser merkwürdigen Erinnerung verbunden bleiben werde.

Als er ihr die Tür aufhielt, fragte er wie nebenbei, als interessiere es ihn nicht wirklich: »Hast du's weit?«

»Kapellekerk, am Ende der Hoogstraat«, antwortete sie und wies mit ihrer Mütze in Richtung Stadt. »Und dann zum Flughafen. Heute Abend nehme ich den Flieger.«

Er zweifelte nicht daran, dass es eine der vielen zufälligen Begegnungen gewesen war, an denen sein Leben so reich war, Menschen kreuzten seinen Weg und verschwanden ebenso unerwartet wieder, flüchtig wie der Anschlag einer Taste auf dem Klavier. Zugleich schwindelte ihn leicht, wenn er daran dachte, dass er wohl jemanden vor dem Erfrieren bewahrt hatte. Als er abends im Licht der Straßenlaternen und der Stille der verschneiten Straße am Klavier saß, staunte er noch immer über ihren Besuch, ihren jugendlichen Übermut, den sie selbst gar nicht zu bemerken schien, und über die forsche Art, wie sie, bevor sie ging, die Riemen ihrer Schuhe geschlossen hatte, und er versuchte, nicht daran zu denken, wie ähnlich sie Angela war. Angela, die ungeachtet all der Schwierigkeiten, in die sie gerieten, immer ihre Sorglosigkeit bewahrt hatte, verbunden mit dieser Widerspenstigkeit – ihr Charakter erinnerte ihn an einen Irrgarten, voller unerwarteter Winkel und Abzweigungen. Fast täglich musste er an die Prognose des Arztes denken, der sie untersucht hatte: zwei Monate noch, höchstens drei. Eine Blutkrankheit, die man damals noch nicht behandeln konnte. Er hatte sie versorgt, er hatte sie geliebt, ihr Kampf dauerte nur ein paar Wochen, viel kürzer, als der Arzt es vorhergesagt hatte, zu kurz, um ihn anzustecken.

Gegen neun Uhr war ihm klar, dass jeder Versuch, an etwas anderes zu denken, zum Scheitern verurteilt war, er zog seinen Mantel an und spazierte durch den Schnee zu Pierres

Café an der Ecke der Rue de la Roue, das Lokal lief gut, jeder in der Gegend kam hier wohl einmal in der Woche vorbei. Nach dem dritten Glas Wein verschwand sie allmählich aus seinen Gedanken.

Bis sie ein paar Tage später wieder vor der Haustür stand, diesmal in jeder Hand einen Koffer. Sie hatte dreimal kurz geklingelt, als hätten sie einen Code verabredet, und sie sagte, alle Hotels in der Stadt seien ausgebucht. Ob sie vielleicht bei Morgan übernachten könne? Sie sah ihn an, bemerkte sein Zögern und setzte hinzu: »Nur ein, zwei Nächte.« Sie hatte ein Lächeln im Gesicht, das erkennen ließ, wie unangenehm es ihr war, ihn darum zu bitten.

Es war noch nicht einmal sechs Uhr abends, aber schon dunkel, die Straßen waren weiß vom Schnee, der seit zwei Tagen liegen blieb. Er hatte schon einige Tage niemanden mehr im Haus gehört. An den Fußspuren konnte er erkennen, dass sie von rechts gekommen war, aus der Richtung von Smolders' Fahrradwerkstatt. Die Farbe ihrer Wangen und der Schnee an ihren Schuhen ließen ihn vermuten, dass sie einen ziemlichen Fußmarsch hinter sich hatte. Im Schein der Straßenlaternen bemerkte er wieder, wie elegant sie trotz ihrer Jugend war.

Er ließ sie rein und spürte die Kälte, die sie mit ins Zimmer brachte, als zerre sie einen unwilligen Hund hinter sich her. Sie hängte ihren Mantel an den Kleiderständer bei der Tür, zog die Schuhe aus, schob die Koffer zum Bett und setzte sich an den Tisch. Die Knöpfe ihrer Manteltaschen waren geöffnet, die Taschen schienen leer zu sein. Sie dankte ihm für die Gastfreundschaft. Morgen, spätestens aber Donnerstag habe sie ein wichtiges Treffen im Außenministerium, und alle Hotels schienen ausgebucht zu sein. Wahrscheinlich der Jahreswechsel, vielleicht fand auch irgendein wichtiger Kongress statt?

Auf dem Tisch lagen die Notenblätter für ein Stück, das er

gerade einstudierte, ein Stück, das, wie er wusste, trotz seiner seriellen Komposition sehr eingängig war. Der Komponist – ein junger amerikanischer Jazzmusiker, dem nach allgemeinem Urteil eine glänzende Karriere bevorstand – hatte sich entschieden, den Klang bewusst zu zersetzen. Morgan wollte die Blätter wegräumen, aber Simona hielt ihn zurück.

»Spiel«, sagte sie. »Mach einfach weiter, als wäre ich gar nicht da.«

»Verstehst du etwas von Musik?«

»Ich höre manchmal Radio.«

»Radio? Dann hast du noch niemals Musik gehört.«

Er spielte das erste Blatt, eine Folge von Glissandi und Kontrapunkten, und improvisierte einen Abschluss. Anders als ein paar Tage zuvor sah sie ihm jetzt interessiert zu, sie folgte seinen Fingern und achtete nicht darauf, wie er auf den Riss über dem Klavier blickte, auch nicht auf die Fotos, die neben ihr an der Wand hingen.

Als er fertig war und sich zu ihr wendete, klatschte sie dreimal fast unhörbar. Sie bat ihn, ihr etwas über die Musik zu erzählen. Den restlichen Abend über versuchte er, sie einzuweihen in die unergründliche Essenz des Jazz, darüber konnte er begeistert sprechen, ohne selbst viel davon zu verstehen, über das Jazz Age, die Hochzeiten von Charleston und Black Bottom, den Cool Jazz eines Chet Baker, von dem es im *Rolling Stone* hieß, er werde nach Amsterdam kommen, um ein Konzert zu geben, über die ersten Erfolge von Louis Armstrong und Coleman Hawkins, das raue Miteinander von Menschen, die keinen Zweifel hatten, dass sie weniger bedeuteten als Luft, die geblasen wird, weniger als eine Klaviertaste, die vorsichtig gedrückt wird, Frauen, denen klar war, dass sie nur einander hatten, dass niemand sie je verstehen würde. Nur wenn es um das ging, was die Musik in ihm weckte, ließ er seinen Gefühlen freien Lauf. Eigentlich wollte er vermeiden, dass sie über Simona redeten oder, schlimmer noch, über ihn.

Mit dem Wenigen, das er in seinem Kühlschrank auftreiben konnte, machten sie Rührei und Gemüse, und über diesem einfachen Mahl leerten sie eine Flasche Bordeaux. Auch wenn er in dieser Nacht nicht in seinem Bett schlief, hatte er das Gefühl, dass das Jahr vielversprechend begann, dass wieder frischer Wind durch sein Leben zog, ein Wind, bei dem man sich eine Winternacht mit knisterndem Kaminfeuer vorstellte. Einige schlaflose Stunden später dachte er darüber ganz anders: Er würde sich nie wieder den Gefühlen für eine Frau hingeben. Am nächsten Tag würde er freundlich bleiben, ihr getrost alles erzählen, was sie wissen wollte, vielleicht auch gemeinsam mit ihr kochen, aber jedes Aufkommen von Lust und Liebe musste er im Keim ersticken. Niemand konnte Angelas Platz einnehmen. Ihre Doppelgängerin konnte ein, zwei Nächte in seinem Bett schlafen und sich dann verziehen.

»Hast du nie Angst?«, fragte sie am nächsten Morgen beim Frühstück.

Sie hatte erst gegen elf die Augen geöffnet. Er war wie immer schon um halb sieben aufgestanden, hatte sich gewaschen und einen Kaffee gemacht, war zum Bäcker gegangen und hatte die Zeitung schon mehr als einmal durch, als sie endlich aufwachte. Es hatte dann noch eine halbe Stunde gedauert, bis sie geduscht und sich fertig gemacht hatte, Augen, Lippen, Wangen, Nägel. Als wäre sie im Marriott abgestiegen.

»Angst? Nein. Wovor?«

»Angst halt.«

»Hast du Angst?«

»Ja, schon, manchmal. Hast du keine Angst, wenn du einen Auftritt hast? Kein Lampenfieber?«

»Es ist gefährlicher, die Straße zu überqueren, als auf eine Bühne zu gehen.«

»Dass du die Noten plötzlich vergisst?«

»So was passiert mir nicht.«

Sie schien nicht überzeugt.

»Eine Freundin meiner Mutter hat immer gesagt, ich soll Aspirin nehmen, wenn ich Angst habe.«

»Eine Freundin deiner Mutter?«

»Lilly. Sie war quasi meine Adoptivmutter«, sagte sie.

Er hatte an diesem Tag mehrere Verabredungen, unter anderem mit dem Betreiber eines Nachtclubs in der Innenstadt, und als sie endlich gegessen hatte, entschuldigte er sich und sagte, er habe es eilig. Er gab ihr die Schlüssel für das Haus und das Zimmer und zeigte ihr, wie sie rein und raus kam. Das Zimmer selbst war dermaßen rudimentär eingerichtet, dass er in fünf Minuten alles erklärt hatte, was irgend zu erklären war.

»Wenn Herr Vermeersch klopft, sag ihm einfach, dass wir alte Bekannte sind und ich bald zurückkomme.«

Als er seinen Mantel anzog, stellte sie sich neben ihn.

»Ich muss heute Nachmittag ins Ministerium. Ich hab mich gefragt, ob du mich danach begleiten könntest? Um fünf rum.«

»Begleiten? Wohin?«

»Zum Bahnhof.«

»Und da?«

»Ich muss jemanden treffen, aber ich wäre lieber nicht allein.«

Er überlegte kurz, erinnerte sich an die hundert 10.000-Franc-Scheine und fragte sich, ob die Verabredung damit zusammenhing, aber seine Diskretion, die Achtung, die er ihr inzwischen entgegenbrachte, und der Respekt, den er vor jeder Frau hatte, hielten ihn zurück, weiter zu fragen oder gar an der Lauterkeit ihrer Absichten zu zweifeln.

»Was soll ich denn tun?«

»Das sage ich dir dann noch.«

Sie vereinbarten, dass er sie gegen zehn nach fünf am Bahnhof treffen würde. Er nahm seine Notenblätter und machte sich auf den Weg zu seinem Gespräch mit dem Betreiber des Nachtclubs, einem überaus langweiligen Menschen, der ihm versicherte, dass er kein Rassist sei, und die ganze Zeit von seinen Hunden sprach. In Hinblick auf einen möglichen Auftritt konnte er nichts versprechen.

Den restlichen Nachmittag nutzte Morgan, um in einem nahe gelegenen Einkaufszentrum Besorgungen zu machen, dann nahm er eine Straßenbahn zum Hallepoort, kaufte neue Hammernussfedern am Waterloosesteenweg und trank in der Gegend einen Kaffee. Schließlich nahm er wieder die Straßenbahn, die ihn direkt zum Bahnhof brachte. Er kam ein paar Minuten zu spät. Simona stand auf dem Bahnhofsvorplatz am Kiosk und wartete auf ihn.

Trotz des Feierabendgedränges entdeckte er sie sofort, und als sie ihn sah, winkte sie. Sie sah aus wie jemand, der einen wichtigen Termin im Außenministerium gehabt hatte, sie trug einen langen schwarzen Mantel, darunter eine lange Hose und dieselben hochhackigen Schuhe, deren Riemen er am Neujahrsmorgen geöffnet hatte. Obwohl es schon fast dunkel war, trug sie eine Brille mit getönten Gläsern. Neben ihr stand einer der beiden Koffer, die sie tags zuvor mitgebracht hatte, einer dieser typischen Koffer, mit denen damals so ziemlich jeder reiste, praktisch, geräumig und auffällig rot.

»Danke, dass du gekommen bist. Ich dachte schon …«

»Ich bin da.«

»Wir müssen zu Gleis 11. Der Zug kommt aus Lüttich und fährt weiter nach Ostende. Die Reisenden haben etwa drei Minuten Zeit, ein- und auszusteigen.«

»Was soll ich tun?«

»Ich werde mich in Abschnitt A auf die Bank setzen. Es wäre nett, wenn du eine Bank weiter Platz nehmen würdest. Ansonsten musst du nur aufpassen, dass mir nichts passiert.«

»Und was wird geschehen?«

»Wirst du ja sehen. Wahrscheinlich gar nichts.«

Obwohl sie die dunkle Brille trug, bemerkte er, wie aufmerksam sie ihn die ganze Zeit ansah, und zum ersten Mal, seit er sie am Neujahrsmorgen von der Straße aufgeklaubt hatte, klang ihre Stimme unsicher, sogar etwas verkrampft.

Sie liefen gemeinsam zu Gleis 11, nahmen die Rolltreppe zum Bahnsteig, oben ging sie dann weiter, während er sich neben dem Aquarium niederließ, in dem Reisende geschützt vor Wind und Regen auf ihren Zug warten konnten. Trotz der vielen Menschen, die um diese Uhrzeit unterwegs waren, konnte er sie von dort aus gut im Blick behalten, auch wenn er keine Ahnung hatte, worauf er überhaupt achten sollte. Gegenüber an Gleis 12 fuhr ein Zug in den Bahnhof ein, und es wurde noch voller. Aus der Entfernung sah sie ziemlich geheimnisvoll aus in ihrem schwarzen Mantel, den hochhackigen Schuhen und der Sonnenbrille. Man merkte ihr an, dass sie ein Jahr an der Modeakademie studiert hatte, wie sie ihm am Abend zuvor erzählt hatte, auch, dass sie nicht brav genug gewesen war, ihre Tage auf einer Schulbank zu verbringen. Sie hatte es mit dem verstörenden Selbstvertrauen der Jugend erzählt, die glaubt, sich alles erlauben zu können.

Wie immer, wenn er irgendwo auf einer öffentlichen Bank saß, dauerte es ziemlich lang, bis jemand sich neben ihn setzte. Bei ihr waren es nur wenige Augenblicke. Sofort drängte sich ein junger Mann neben sie auf die Bank und versuchte, ein Gespräch zu beginnen. Man konnte an seinen Mundwinkeln erkennen, dass er einen Scherz machte, erfolglos. Sie lachte nicht, gab nur eine kurze Antwort und blickte weiter geradeaus. Der Koffer stand neben ihr. Sie wirkte wie eine Frau, die geschäftlich ein paar Tage in der Stadt war und sich mental auf nervenzehrende Verhandlungen vorbereitete, die vielleicht bis tief in die Nacht dauern würden. Die Türen des Zugs an Gleis 12 wurden geschlossen, dann setzte er sich in Bewegung.

Die Lautsprecher kündigten die Einfahrt des Zugs auf Gleis 11 an. Der junge Mann, der neben Simona gesessen hatte, stand auf und begab sich ans Ende des Bahnsteigs, offenkundig, um in den letzten Wagen einzusteigen. Gerade als sich die übrigen Reisenden in Bewegung setzten, schaute sie in Morgans Richtung, suchte ihn zwischen den sich bewegenden Körpern und sah ihn kurz an, als wollte sie sich vergewissern, dass er nicht eingeschlafen war, sondern sie aufmerksam beobachtete. Vielleicht wollte sie auch einfach sichergehen, dass er noch dasaß und nicht abgehauen war. Sie war zu weit weg, und es war zu viel los, als dass er den Ausdruck in ihrem Gesicht erkannt hätte, die dunkle Brille tat ein Übriges, doch es schien, als fühle sie sich unbehaglich. Er wollte ihr ein Zeichen geben, um sie zu beruhigen, ihr zunicken oder mit dem Daumen nach oben zeigen, aber er hielt sich zurück. Wenn sie gewollt hätte, dass er ihr ein Signal gab, hätte sie gewinkt.

Der Zug fuhr in den Bahnhof, kam zum Stehen, und im dichten Gedränge der ein- und aussteigenden Reisenden verlor er Simona kurz aus den Augen. Als er aufstand, sah er sie wieder. Sie saß noch immer auf der Bank und schaute ruhig auf den Waggon, der vor ihr gehalten hatte, sah von der Tür links zur Tür rechts, dann zurück, die Hände im Schoß, als befände sie sich in einem Kokon, abgeschirmt vom Gewimmel, das sie umgab. Ein Mann in schwarzem Anzug kam auf sie zu, wich aus und ging vorsichtig an ihr vorbei. Niemand blieb bei ihr stehen, sie sprach niemanden an. Es schien, als bemerke sie das Gedränge rundherum gar nicht. Nach drei Minuten waren alle ein- und ausgestiegen, der Schaffner zeigte mit einem kurzen Pfeifsignal an, dass der Zug die Reise fortsetzen werde, und kurz darauf schlossen sich die Türen wieder. Sie blieb sitzen, bis der letzte Waggon den Bahnhof verlassen hatte. Dann stand sie auf und kam in seine Richtung. Sie nahmen die Treppe nach unten und liefen nebeneinander durch den Bahnhofstunnel.

Seine Ahnung hatte ihn nicht getäuscht. Ihnen war nichts passiert.

»Und? Zufrieden? Erleichtert?«, fragte er, als sie den Bahnhofsvorplatz überquerten.

»Wäre es schlimm, wenn ich noch einen Tag länger bleibe? Mein Treffen im Ministerium ist nicht zustande gekommen.«

Sie nahmen die Straßenbahn nach Hause, saßen nebeneinander, gegen die Fahrtrichtung, und schauten raus, aus dem Schnee war dunkler Matsch geworden. Abends aßen sie zusammen, er ließ sie seine Musik hören, und sie lachte, als würden sie einander schon zwanzig Jahre kennen.

Erst als sie kurz nach Mitternacht eingeschlafen war, gelang es ihm, seine Gedanken zu sortieren. Morgen noch einmal? Was wollte sie von ihm? Er fragte sich schon den ganzen Tag, warum er nicht heulte wegen der Erinnerungen, die sie in ihm weckte, warum er sogar lächeln musste, wenn er sie ansah, es hatte ihm Freude bereitet, wie sie alberne Witze machte, wie sie sich in den Finger schnitt, als sie einen Apfel schälte, und wie sie mit unbewegtem, ernstem Gesicht gefragt hatte, wer diese Billie Holiday sei.

Er sah auf die Uhr. Halb eins. Er hörte, wie sie sich sanft auf die andere Seite drehte und das Laken bis zum Kinn zog. Auch wenn er seit Jahren allein schlief, waren ihm die Geräusche vertraut. Wie oft hatte er nachts dagelegen und Angelas Atem gelauscht? Zu Anfang das unbeschwerte Ein- und Ausatmen eines Mädchens, in diesem Moment durch und durch befriedigt, einige Jahre später das Husten einer jungen Frau, die sich geschworen hatte, am nächsten Tag mit dem Rauchen aufzuhören, am Schluss das schnelle, gehetzte Hecheln von jemandem, der spürt, dass es zu Ende geht. Simona atmete wie das junge Mädchen, und er hatte sie dafür nicht einmal anrühren müssen. Ihre Anwesenheit war fast beruhigend, sie war genauso unbekümmert wie die junge Angela, genauso naiv und genauso sensibel, aber darüber durfte er nicht nachdenken. Seit den letzten beiden Monaten mit Angela hatte er nie wieder Gefühle für eine Frau gehabt, die über das rein Sachliche hinausgingen.

Als sie am nächsten Tag von ihrem wichtigen Termin im Ministerium zurückkam, lud sie Morgan zum Abendessen in ein Restaurant am Fischmarkt ein. Es war lange her, dass er in einem Restaurant gegessen hatte, in Paris, in der Rue de Beaujolais. Angela hatte kaum einen Happen runtergekriegt, er hatte einen einfachen Salat bestellt, und sie hatten zwei Liter Wasser getrunken. Sie hatte den ganzen Abend Durst.

Die Kellnerin konnte ihr Befremden nicht verbergen, als Simona beim Fenster Platz nahm und er sich ihr gegenüber setzte. Offensichtlich hatte dieses Lokal nur selten schwarze Gäste. Simona achtete überhaupt nicht darauf, sie bestellte für sie beide ein gutes Stück Fleisch und eine Karaffe Rotwein, dann fragte sie, ob es wohl möglich sei, die Kerze zwischen ihnen anzuzünden. Als die Kellnerin sich abwendete, fragte sie: »Wann trittst du mal wieder auf? Ich meine: in einem Saal voller begeisterter Musikliebhaber, im hellen Scheinwerferlicht?«

Vor richtigem Publikum hatte er zuletzt Silvester gespielt, davor schon Ende November, da hatte Pierre ihn für den lächerlichen Betrag von 300 Franc einen ganzen Freitagabend lang spielen lassen. Es war wirklich schwierig geworden, Betreiber zu finden, die bereit waren, für Live-Musik zu bezahlen. Die meisten begnügten sich mit CDs, hier und da gab es noch einen, bei dem Platten gespielt wurden, einige Cafébetreiber ließen tagsüber sogar einfach das Radio laufen.

Sie musste die Enttäuschung in seiner Stimme gehört haben oder in der Stille, die seiner Antwort folgte, denn sie dachte einen Augenblick nach, dann sagte sie: »Vielleicht kann ich dir helfen.«

An diesem Abend fiel ihm auf, dass sie zu den Menschen gehörte, die es verstehen, immer nur genau das zu erzählen, was sie erzählen wollen, und alles weitere als unwichtig und nebensächlich abzutun. Von ihrem Treffen im Ministerium erfuhr er nur, dass man dort noch etwas Zeit brauche, wobei sie vorsichtig hinzusetzte, er solle sie einfach wissen lassen, wenn sie ihm auf die Nerven ginge. Dann erzählte sie noch, dass ihre Mutter aus einer Bauernfamilie stammte und ihr Vater ein Eisenbahningenieur aus Lüttich war, der als sehr junger Mann in den Kongo gegangen war und später einige Zeit in Brüssel gearbeitet hatte. Eines Tages war er verschwunden, um nach zehn Jahren wieder aufzutauchen. Sie selbst war in Zaire geboren und aufgewachsen, danach hatte sie einige Jahre in Lüttich gewohnt und, als sie zur weiterführenden Schule ging, ihre Zeit in einem Brüsseler Mädcheninternat verbracht. Seit ein paar Jahren lebte sie im Süden von Spanien, dem einzigen Ort auf der Welt, wo es sowohl im Sommer als auch im Winter warm war, ohne dass die Menschen einander an die Gurgel gingen.

Das Binnenland von Zaire, wo sie als Kind gelebt hatte, war eine Gegend, in der die Diamanten an den Bäumen wuchsen und Gold und Kupfer aus dem Wasserhahn kamen. Reichtum genug, um ab und zu etwas Verrücktes anzustellen, wie damals, als sie gerade sechs geworden war und ihr Vater sie nach Kinshasa zum Boxkampf zwischen Muhammad Ali und George Foreman mitnahm, ein Ereignis, das sie als »das ohrenbetäubendste Spektakel, das ich jemals erlebt habe«, in Erinnerung behalten sollte. Ihr Vater behauptete, Präsident Mobutu habe ihr an diesem Tag zum ersten Mal die Hand geschüttelt und sich erkundigt, ob das Mädchen Boxen auch so liebe, aber sie konnte sich diese Szene nicht mehr vor ihr inneres Auge rufen. Ihr Vater war privat mit Mobutu befreundet, und vielleicht verwechselte sie den Boxkampf mit einem anderen Fest, bei dem sie den »schwarzen Saphir« – wie sie Mobutu nannte – getroffen hatte.

Besonders anstrengend in den Jahren in Zaire waren die vielen Reisen gewesen, von Kinshasa zu den Diamantenminen, von Kolwezi nach Matadi, von Kisangani nach Lubumbashi, ihr Vater arbeitete mit am Ausbau des Schienennetzes in allen Ecken des Landes, im Zentrum, in den Nachbarländern und der Hauptstadt. Eine Aufgabe, deren Bedeutung kaum zu unterschätzen war, denn was konnte bedeutender für die Entwicklung der Einheimischen sein, als das Binnenland zu erschließen? Wie sollten sie ohne Infrastruktur den Reichtum im Boden in Wohlstand für die Menschen überführen? Sie sprach mit einer Nüchternheit, die man ihr abnahm, als erzähle sie gar nicht ihre eigene Geschichte.

Ihre größte Fähigkeit bestand zweifellos darin, sich trotz ihrer einsachtzig unsichtbar zu machen. Wenn die Umstände es verlangten, löste sie sich in Luft auf, reinste Luft. Während er sich über seine Noten beugte, setzte sie sich auf das Bett oder in den gelben Kunstledersessel, zog die Knie ans Kinn und lauschte. Las er ein Buch, blätterte sie in einer alten Ausgabe des *Rolling Stone.* Anscheinend hatte die Person, mit der sie im Ministerium gesprochen hatte, keine Zeit für sie, denn sie blieb die nächsten Tage zu Hause. Außer Sonntagmorgen, da machte sie einen Spaziergang zum Spielplatz im Warandepark, zu dem sonst nur Mütter mit kleinen Kindern gingen. In der Zwischenzeit stellte sie ihm Fragen, die so ernsthaft klangen und so umfassend waren, dass es den Eindruck machte, sie wolle alles über ihn wissen, sie zeigte auf die Fotos, bat ihn, von jedem Konzert zu berichten, fragte, wer die Menschen waren, die da bei ihm standen, wo er damals wohnte, mit wem er befreundet war.

Sie fiel ihm nie lästig. Sie gab ihm keinerlei Anlass, sich zu ärgern, sie machte den Abwasch, füllte den Vorratsschrank und saugte das Zimmer mit einem Enthusiasmus, um den er sie nur beneiden konnte. Wenn er beim Heimkommen die Zimmertür öffnete, atmete er den Geruch ein, der zu ihr gehörte und der sich mit seinem vermengt hatte, und auch der Anblick des Zimmers hatte sich in dieser kurzen Zeit deutlich verändert. Auch wenn sie nur ein, zwei Nächte bleiben wollte und der Kleiderschrank noch ihm gehörte, hatte sie doch überall ihre Spuren hinterlassen. Der Koffer mit ihrer Kleidung stand geschlossen hinter dem Bett, sie hätte jeden Moment abreisen können, ihre Schuhe hatte sie unter das Bett geschleudert, ein Kanten Brot auf der Anrichte, ein Weinglas mit einem Rest Lippenstift am Rand, ein Kamm, eine Haarspange, selbst die Art, wie der *Rolling Stone* zusammengefaltet war, erinnerte ihn daran, dass er nicht mehr allein wohnte.

»Findest du es schlimm, wenn ich noch etwas bleibe? Ich bin verabredet mit dem Betreiber eines Cafés, in dem du vielleicht auftreten kannst.«

Die Aussicht auf einen Auftritt genügte, ihn bei Laune zu halten. Dazu kam, dass ihm keinerlei Grund einfiel, warum er sie hätte fortschicken sollen. Solange er sie nicht Angela nannte, konnte sie bleiben. Vielleicht half es ihm sogar, das Elend zu vergessen, das seine Geliebte in ihren letzten Lebensmonaten hatte ertragen müssen.

2

»Walter!«, rief sie und fiel in seine Arme. Von dem, was sie danach redeten, verstand Morgan kein Wort, aber die Folge von kehligen und nasalen Klängen, die keinerlei Ähnlichkeit mit irgendeiner Sprache aufwies, die er beherrschte, erinnerte ihn an eine Melodie, die irgendwo in der Tiefe seiner Erinnerungen gespeichert war. Ihrer Begrüßung konnte er sonst nur entnehmen, dass sie einander schon eine ganze Weile nicht gesehen hatten und dass beide diese Trennung bedauerten. Während sie redeten, hielten sie einander fest, die Unterarme, die Hände, eine Schulter. Wie Walter da neben Simona stand, schien er Morgan wenig mit der Person gemein zu haben, die sie ihm früher am Abend beschrieben hatte.

Erst nach einigen Minuten wendete sich Simona zu Morgan und sagte in Walters Richtung: »Walter, darf ich dir Morgan vorstellen?«

Und Walter mit seiner Fistelstimme: »Morgan, Kamerad, schön dich zu sehen.«

Die sechs Wörter gaben Morgan das Gefühl, dass irgendwas in seinem Hinterkopf riss. Es kam ihm vor, als hätte er Walter schon einmal getroffen. Bei einem Auftritt? Auf der Straße, auf dem Weg zur Bäckerei De Graaf? Walter gab Morgan die Hand, als wären sie beide Veteranen, und sagte halb spöttisch, halb ungläubig: »Ein Pianist?«

»Genau. Jazzpianist.«

»Jazz? Mann, Mann, wunderbar. Auch Blues? Oder Cha-Cha-Cha?«

»Vor allem Jazz.«

»Ich liebe Jazz. Wirklich, phantastisch«, sagte Walter.

Es war die Art, wie Walter sprach, mit Kehllauten, die bei ihm viel schärfer klangen als bei anderen Menschen, aber auch die Aussprache einfacher Worte wie »Jazz« oder »phantastisch«, die Morgan bekannt vorkamen, aber so sehr er sein Gehirn auch marterte, er hatte nicht die leiseste Ahnung, woher. Zugleich bestätigte sich sein erster Eindruck: Walter hatte das Benehmen und Aussehen eines gestressten Postbeamten, der am liebsten alles sofort wissen wollte: woher Morgan stammte, wo er wohnte und wie er als Künstler finanziell hinkam. Statt sich über so viel Neugierde aufzuregen, hielt sich Morgan bedeckt.

Auch wenn Morgan schon in so ziemlich jedem Konzertsaal und Nachtclub der Stadt gespielt hatte, war er doch zum ersten Mal im Spoetnik, einem Café, das gerade groß genug war, um geräumig zu wirken, aber zu klein, um ungemütlich zu sein. Mitten im Raum stand ein weißer Flügel, umgeben von einem Dutzend Blumentöpfen mit Kakteen, die orange Früchte trugen.

»Die Menschen, die hierher kommen, haben ein Haus, einen Job, Kinder und außerdem einen Babysitter, der es ihnen ermöglicht, am Freitagabend so zu tun, als wären sie noch jung«, sagte Simona, die bemerkt hatte, dass Morgan versuchte, sich ein Bild vom Spoetnik zu machen. »Ich denke, deine experimentelle Musik würde ihnen das Gefühl geben, sie verbringen ihren Freitagabend in New York oder Chicago.«

»Ich spiele überhaupt keine experimentelle Musik.«

»Du weißt schon, was ich meine.«

»Ich war auch noch nie in New York oder Chicago.«

Sie sah ihn aufmerksam an und sagte lange Zeit nichts. Dann zählte sie ruhig ein paar Städte auf, in denen er Auftritte gehabt hatte: »Paris, London, Brüssel, Antwerpen …«

Später am Abend vereinbarten sie, dass Morgan in den folgenden drei Wochen freitags im Spoetnik spielen würde. Walters Stimme konnte einen in den Wahnsinn treiben, aber er sagte Morgan eine vernünftige Gage zu, und das war wichtiger als der Klang seiner Stimme. Er stellte nur eine Bedingung: Morgan durfte ausschließlich zugängliche Musik spielen, seine Kunden waren Menschen, die ins Café gingen, um von ihrem Kopfweh befreit zu werden, nicht um Kopfweh zu bekommen.

»Ja, das sagt mir was«, sagte Walter, als Morgan einen Konzertsaal in Paris erwähnte, »aber frag mich nicht, was. Ich hab schon davon gehört, den Namen, Cold Rain. Vielleicht fällt's mir gleich wieder ein. Woher kennst du eigentlich Simona?«

»Wir sind befreundet«, antwortete Morgan, und wie um sich zu entschuldigen setzte er dazu: »Schon länger.«

Walter nickte.

»Freunde, ja, ja ... Sprichst du auch Suaheli?«

»Ich? Nein, kein Wort.«

Es war schon weit nach Mitternacht, als Walter sie fragte: »Kommt ihr mit? Wir gehen noch ins Residentie.«

Morgan wollte nach Hause, aber Simona war so begeistert, dass er den Mund hielt. Sie waren anscheinend zu neunt, und es gab zwei Autos. Walter fuhr das eine, einen roten Maserati; der Besitzer des anderen Autos lud Morgan ein, neben ihm Platz zu nehmen. Morgan hatte sich gerade angeschnallt, als er bemerkte, dass Simona mit vier anderen Freunden von Walter in dessen Wagen saß. Sie waren zu sechst im Auto, Männer und Frauen; bei Morgan waren sie nur zu dritt: der Fahrer, Morgan und noch ein Mann auf der Rückbank, der kaum etwas sagte. Die Sitze rochen neu, sie sahen auch so aus, aber der Rest des Autos war mindestens zwanzig Jahre alt und verschlissen. Es war eiskalt, und das Auto stotterte kurz, bevor es ansprang. Als der Motor endlich startete, sah Morgan den roten Maserati um die Ecke biegen.

»Ich brauche neue Zündkerzen«, sagte der Fahrer.

Sie fuhren in Richtung Sonienwald, die Straße war lang, gerade, gut beleuchtet mit den typischen orangen Straßenlaternen, weit und breit kein roter Maserati. In der Nähe des Straßenbahndepots sagte der Fahrer: »Ich muss schnell tanken.« Er hieß Rik. Eine Tankstelle, an der außer ihnen niemand war. Über den Zapfsäulen hingen Kameras, der Shop war um diese Zeit geschlossen. Als Rik ausstieg, fing Morgan mit einem Mal an, sich um Simona Sorgen zu machen. Im Gegensatz zu Angela war sie nicht nur jung, sondern auch naiv. Sie ließ sich täuschen. Andererseits war sie alt genug, selbst zu entscheiden, was sie tat, sie war kein Kind mehr, das hatte er schon in aller Deutlichkeit erfahren. Er musste sich nicht aufdrängen und ein Auge auf sie haben. Er wollte trotzdem schnellstmöglich hinter dem roten Maserati her.

Sie fuhren wieder los, und gerade, als sie die Botschaftsgebäude passierten, sahen sie ihn am Straßenrand stehen. Anscheinend hatte er gehalten, um auf sie zu warten. Oder vielleicht hatte er aus einem anderen Grund angehalten, das war auch möglich. Bei der nächsten roten Ampel standen sie nebeneinander, und er sah, dass Simona hinten auf dem Schoß eines Mannes saß. Ihr Arm lag leicht um seinen Hals, und sie lachte. Als sie Morgan bemerkte, winkte sie ihm zu.

Das Residentie war offensichtlich eine luxuriöse Villa, die durch einen gusseisernen Zaun, eine zwei Meter hohe Hecke und einen kurz gemähten Rasen mit einer langen Zufahrt von der Straße getrennt war. Morgan folgte den anderen in einen Festsaal, der zu einer Veranda führte, wo ein DJ vor dem offenen Kamin auflegte, moderne elektronische Musik. Hinter ihm dehnte sich ein märchenhafter Garten aus, vor ihm tanzte ein Dutzend Männer und Frauen. Auf den Tischen an der Wand standen Flaschen mit Getränken, Schalen mit Austern, warmen Häppchen und Obst.

»Hier fühlt man sich doch gleich zu Hause«, rief Walter gegen die Musik an.

Morgan fühlte sich so willkommen wie in einem Gefängnis. Es schien ihm, als starrte jeder ihn an, als fürchteten sie alle, dass er ihr Fest mit irgendeinem Urwaldtanz verderben werde.

Simona stellte sich neben ihn, und er sagte: »Ich will hier weg.«

Er hatte nicht geschrien, aber sie musste ihn trotz der lauten Musik verstanden haben, denn sie antwortete: »Noch ein bisschen, wir sind doch gerade erst gekommen. Für ein paar Auftritte im Spoetnik. Außerdem haben wir kein Auto.«

Walter gab ihm ein Glas; die Auster, die Rik ihm anbot, lehnte Morgan ab. Rik ließ die Auster in den Mund gleiten, wischte sich den Saft vom Kinn und schüttete ein halbes Glas Champagner hinterher.

»Und du bist also Klavierspieler?«, schrie er in Morgans Ohr, als er sein Glas wieder abgestellt hatte.

Im Auto hatte er kaum mehr als eine Handvoll Worte gesagt, die Situation machte ihn anscheinend gesprächig. Morgan nickte, nicht kräftig, ausreichend, um die Frage zu beantworten, aber doch zurückhaltend, in der Hoffnung, dass Rik es dabei bewenden lassen werde. Bei diesem Lärm konnte man ohnehin nichts Sinnvolles sagen.

»Jazz?«, rief der.

Morgan nickte wieder.

»Ich komm nächste Woche bestimmt vorbei. Du kannst dich glücklich schätzen. Die meisten Anfragen von Musikern, die im Spoetnik auftreten wollen, lehnt Walter ab. Das heißt, du bist gut.«

Morgan dankte ihm mit einem Lächeln für die aufmunternden Worte. Das Gespräch wurde durch ein Feuerwerk unterbrochen, das im Garten gezündet wurde. Hier und da hörte er durch die Musik und das Knallen hindurch Frauen »Ah« und »Oh« seufzen, die meisten Gäste sahen gelangweilt zu, eine Hand in der Hosentasche, in der anderen ein Glas. Es dauerte nur ein paar Minuten, viel mehr als zehn Raketen gab's nicht zu bestaunen. Simona hatte sich während des Feuerwerks unter die Tanzenden gemischt, gemeinsam mit dem Mann, auf dessen Schoß sie im Auto gesessen hatte. Sie tanzte sehr grazil, er sah in ihren Augen, wie sehr sie es genoss, und zugleich sah er, wie jung sie war. Neben den anderen hier wirkte sie noch wie ein Kind.

Sie blieben fast eine Stunde. Dann ließ Simona ein Taxi rufen, sie verabschiedeten sich von den anderen, Walter sagte: »Bis Freitag!«, und gegen halb vier konnte sich Morgan endlich auf der Matratze ausstrecken, die er neben dem Herd auf den Boden gelegt hatte. Am folgenden Tag wachte er erst gegen halb neun auf.

»Woher kommst du eigentlich?« Ihre Fragen. Als sie am Abend nach Hause gekommen war, hatte sie gekocht, sie hatten viel Wein getrunken, »ganz gemütlich«, wie manche Menschen das nennen würden. Sie stellte die Frage nicht zum ersten Mal, aber zum ersten Mal war sie so beharrlich.

»Brüssel«, antwortete er.

»Gut, du willst nicht drüber reden, schon klar.«

»Brüssel.«

»Wo bist du geboren? In Brüssel?«

»Um ehrlich zu sein: Ich weiß es nicht.«

Er wartete einen Moment ab, ob sie ihn richtig verstanden hatte.

»Ich bin als junger Mensch nach Brüssel gekommen. Ich weiß mit Sicherheit nur, dass ein Flugzeug im Spiel war. Danach war ich nie mehr an einem Flughafen. Jahre später, als ich schon einige Monate von zu Hause weg war, traf ich in Paris einen Amerikaner, der auch Klavier spielte, der hieß Morgan. Seitdem heiße ich Morgan.«

»Ein schöner Name.«

»Offiziell heiße ich Roman.«

»Roman.«

Sie hatte keine Frage gestellt, nur seinen Namen wiederholt, der schon lange nicht mehr sein Name war. Sie wischte sich den Mund ab, blickte eine Weile durch das Fenster hinter ihm nach draußen und sagte dann: »Du weißt nicht, wo du geboren bist.«

Ihre Stimme klang plötzlich kühl, als müsste sie es ihm dann eben sagen, als wüsste sie, wo er geboren war, und könnte nicht verstehen, dass er es ihr nicht verraten wollte.

Er sagte: »Meine Adoptiveltern sprachen niederländisch. Aber ich weiß, dass ich aus einem Dorf an einem Sandweg komme.«

Sie hatte sich an diesem Abend schick gemacht, wie sie es häufiger tat, als würde sie zu einem Geschäftsessen erwartet.

»Wir können auch über was anderes reden, wenn du nicht magst«, sagte sie.

»Ich will mich nicht beklagen. Es waren gute Leute, meine Adoptiveltern. Dreizehn Jahre lang haben sie gut für mich gesorgt. Er war Ingenieur und arbeitete fürs Militär. Mal lebten wir ein paar Jahre in einer Botschaft im Ausland, wo er als Verbindungsoffizier im Einsatz war, mal hatte er einen Job beim Verteidigungsministerium oder auf einem Stützpunkt in Deutschland oder Paris. Sie blieb zu Hause und brachte mir Lesen und Schreiben bei, lehrte mich Beten, Gedichte von Verlaine auswendig aufsagen, Bach hören und Beethoven. Sie hat mir das Klavierspielen beigebracht. Sehr gebildete Menschen.«

»Du warst allein.«

Sie schenkte etwas Wein nach.

»Ich war das einzige Kind, ja. Sie konnten selbst keine Kinder kriegen. Sie haben mich überall gesucht, aber damals gab es nichts Leichteres, als zu verschwinden. Auf jeden Fall in Paris. Ich kannte da Menschen, die ich für Freunde hielt.«

»Warum bist du weg?«

»Weil sie mich in ein Jugendheim geben wollten. Ich war kein Kind mehr. Sie wollten aber ein Kind. Da war ich schon fast siebzehn.«

Er wusste überhaupt nicht, warum er ihr plötzlich aus seinem Leben erzählte, ganz sicher hatte es etwas mit dem Wein zu tun, einem ganz vortrefflichen Wein. Morgans Herkunft war ein Thema, über das nur wenige Menschen Bescheid wussten, ein Thema, über das er lieber nicht nachdachte.

Manchmal lief er nicht nur tagsüber, sondern auch nachts durch das Dorf mit dem Sandweg. Immer dasselbe Dorf, derselbe Sandweg. Dann lief er der Morgendämmerung entgegen, er lauschte den Rufen der Eulen, die hinter den Felsen über dem Dorf die Nacht verbrachten, er roch ein schwelendes Holzfeuer, die nasse Erde, vermengt mit dem Duft der Rosen. Eine Holzbrücke führte über einen Bach, ein trockener Strauch verwandelte sich in eine Frau, er blickte nach oben und erschrak über den Sternenhimmel, der ihm entgegenkam. Immer derselbe Traum. Dieselbe Erinnerung. Dann wachte er auf, plötzlich, und begriff, dass es keine Erinnerung sein konnte, dass er sich etwas vormachte. Er wusste, es war unmöglich, und doch bedauerte er, dass er aufgewacht war. Er schloss die Augen wieder und versuchte, sich dem Dorf von der anderen Seite zu nähern, doch das gelang nie.

Das waren Dinge, über die er normalerweise nicht redete, und wäre er Simona nicht begegnet, dann wären es wahrscheinlich Dinge geblieben, über die er nur nachts nachdachte. Vielleicht lag es daran, dass sie aus Afrika kam, vielleicht dachte er deshalb, sie könne ihn begreifen, obwohl ihre Haut weiß war. Was sie über ihre Jugend erzählte, war seiner eigenen in gewisser Weise ähnlich. Ihre Jugend gehörte zu ihm und umgekehrt. Oder lag es daran, dass sie auch eine Adoptivmutter gehabt hatte? Diese Lilly oder wie sie hieß.

»Diese Termine beim Ministerium, worum geht es da?«

»Eine Angelegenheit aus der Vergangenheit. Verträge, an die sich der Staat nicht gehalten hat. Es dauert alles länger, als ich gedacht habe. Findest du es blöd, dass ich hier wohne? Wenn es dich stört, sag es mir, dann gehe ich.«

»Wie lange noch?«

»Schwer zu sagen.«

»Bleib ruhig. Walter ist endlich mal wieder ein Betreiber, der mich auftreten lassen will.«

»Lilly sagt, die meisten Menschen haben ein vorbestimmtes Schicksal, dem sie zu entkommen suchen. Etwas, das sie davon abhält, zu tun, was sie zu wollen glauben. Du bist hierher gekommen und du bist hier zu Hause.«

»Ich bin nirgends zu Hause«, sagte er.

Sie legte Messer und Gabel neben ihrem Teller ab, wischte den Mund ab, nahm einen letzten Schluck Wein und sagte: »Doch. Komm, ich werde es dir zeigen.«

An der Zuidlaan winkte sie ein Taxi heran. Sie fuhren stadtauswärts durch Sint-Gillis, die Parklaan mit dem Standbild von General Tombeur entlang, der im Ersten Weltkrieg die Truppen im Kongo angeführt hatte. Bevor er nach Paris gegangen war, hatte Morgan diese Straße gemieden wie die meisten anderen Orte, die ihn an Menschen und Ereignisse erinnerten, die er grundlos verabscheute: den Rigasquare mit dem Monument für die Force Publique, die Koloniënstraat, die Leopold-II-Laan, die Taborastraat und natürlich Matonge…

Es war schnell klar, dass der Ort, dessen Adresse Simona angegeben hatte, am Stadtrand lag. Es war schon spät, sie saßen auf der Rückbank, die gelbe Straßenbeleuchtung glitt über sie hinweg. Vor einem gewaltigen Gebäude, dessen Skelett sich vor der helleren Nacht abzeichnete, ließ sie den Fahrer halten, bat ihn zu warten und forderte Morgan auf auszusteigen. Ein Holzzaun mit Werbung für einen Wanderzirkus. Sie liefen ein Stück zurück, an einem Ölfass vorbei, zu einem Tor im Zaun.

»Pass auf, wo du hintrittst.«

Brandgeruch hing in der Luft, aber es war nirgends Feuer zu sehen, und zu hören war auch nichts. Sie holte ein Feuerzeug aus der Manteltasche und lief dann im Licht der kleinen Flamme auf eine Treppe zu, auf die der Halbmond lange Schatten warf. Er folgte ihr im Dunst ihres auserlesenen Parfums nach oben und versuchte sich zu merken, wie hoch sie schon waren, aber irgendwo im siebten oder achten Stock kam er durcheinander.

»Bist du oft hier?«

»Zuletzt Silvester.«

Oben öffnete sie ein Gittertor, das im Wind hin- und herwehte. Roher Beton. Nur Pfeiler. Über eine Leiter erreichten sie das Dach des Gebäudes. Er stand da und schauderte vor Kälte, traute sich nicht, nach unten zu sehen, blickte auf die Stadt, die sich vor ihnen ausdehnte, während sie auf all die Denkmäler wies, die Alleen, den Ring, den Bahnhof, den Hafen, den Kanal. Da drüben ist … und wenn du links der orangen Linie folgst, kommst du zu … und da oben siehst du den Turm von … Als stünde sie da mit einer Gruppe japanischer Touristen. Als wäre er ein Japaner.

»Und da ist das Spoetnik, Morgan.«

Die Fistelstimme. Morgan drehte sich um. Hinter ihm stand Walter. Er zeigte nach links, gegen den Wind. War er ihnen gefolgt? Simona holte ein Päckchen Zigaretten aus der Manteltasche, nahm eine Zigarette raus und hielt es dann Walter hin. Der schüttelte sich auch eine Zigarette raus, zog ein Feuerzeug hervor und gab Simona Feuer.

»Du nicht?«

Morgan schüttelte den Kopf. Fünf Minuten lang standen sie zu dritt da, ohne dass jemand etwas sagte. Sie rauchten, Morgan musste an eine Nummer von Coltrane denken, in der es um Ohnmacht ging. Der Wind wurde noch heftiger.

Dann sagte Walter: »Am Freitag spielst du wieder im Spoetnik, okay?«

»Gut«, sagte Morgan.

»Ich liebe deine Musik«, sagte Walter und drückte den Zigarettenstummel unter seinem Schuh aus. Die Art, wie er das tat, gab Morgan wieder das Gefühl, dass sie sich schon einmal begegnet waren.

Als er Simona am Neujahrsmorgen gefunden hatte, an der Wand von Smolders' Fahrradwerkstatt, verstand sie noch nichts von Musik. Zwei Wochen später hörte sie darin Dinge, die ihm selbst nie aufgefallen waren; dass sie derart vorurteilsfrei hören konnte, machte die Gespräche für ihn unvorhersehbar, ihre idiotischen Fragen. Plötzlich liebte sie Musik, das war der richtige Ausdruck. Es kam ihm sogar vor, als verstehe sie mehr von Musik, als ihr selbst klar war. Genau wie früher mit Angela saßen sie manchmal stundenlang zusammen und sprachen darüber, was dieses eine Stück bei ihr ausgelöst hatte; sie wollte wissen, was genau mit ihr passierte, wenn sie es hörte, warum es sie berührte. Und meistens waren sie unterschiedlicher Ansicht. »Gut, gut, Morgan, aber ich denke dabei wirklich nicht an Baumwollplantagen oder afrikanische Sklaven.«

Sie behauptete, sie habe in ihrer Jugend in Zaire Männer gesehen, die mitten auf der Straße von einem Weißen verprügelt wurden. Hör mal, Mädchen, hatte ihre Mutter gesagt, wenn die Leute glauben, alles gehört allen, dann müssen sie auch die Konsequenzen tragen. Dein Vater arbeitet sehr hart, um dir ein anständiges Leben zu ermöglichen, also geh ihm damit lieber nicht auf die Nerven.

»Wir lebten in der Stadt«, fuhr sie fort, »in einer Villa mit einem gewaltigen Garten. Der Klang einer afrikanischen Nacht, weißt du, was ich meine? Musik, Menschen, sie tanzen in den Straßen, der Verkehr ein einziges Chaos, ein Baby weint, Polizisten, die so tun, als hätten sie das Treiben im

Griff, nirgends jemand, der sich Sorgen macht. Ich vermisse das, glaub mir, ich vermisse es. Aber ich schäme mich auch.«

Mit einem Mal schien es, als habe sie Tränen in den Augen.

»Ich schäme mich für meinen Vater. Und ich respektiere ihn. Ich habe ihm alles zu verdanken, meine fröhliche, sorgenfreie, abenteuerliche Jugend, die Möglichkeit, so zu leben, wie ich will, meine Liebe zu Afrika. Ihn selbst interessierte nur Geld. Alles drehte sich um Geld. Blut, Menschen, Elefanten, nichts war sicher, wenn es nur Geld brachte. Ich habe nie einen anderen Menschen getroffen, den ich so hasse und zugleich liebe, den ich bewundere und verabscheue. Ach, ich bin froh, dass ich hier bei dir bin. Vielleicht kann ich dadurch ein bisschen gutmachen.«

»Gutmachen? Musst du etwas gutmachen?«

»Ach, du weißt doch, was ich meine.«

Er antwortete, dass er sie überhaupt nicht verstehe, aber sie war schon wieder aufgestanden und fragte, ob sie eine Platte auflegen dürfe. Während sie den Tonabnehmer des Plattenspielers zwischen Daumen und Zeigefinger nahm und den Arm zur äußersten Rille hob, sagte sie, kaum hörbar: »Ich möchte jetzt nicht darüber reden. Ein anderes Mal vielleicht. Einverstanden?«

Manchmal kam sie nachts nicht zurück. Manchmal schlief sie eine Nacht irgendwo anders. Dann machte sie sich mit ihrem Koffer auf den Weg, weiß Gott, wohin, zum Bahnhof, zu Walter? Morgan las etwas, hörte Musik, spielte selbst, versuchte wieder einmal, etwas zu komponieren, versuchte vor allem, nicht darüber nachzudenken, wo sie sich herumtrieb, er saß aufrecht auf seiner Matratze und lauerte, bereit, beim leisesten Geräusch das Licht auszuschalten und sich schlafend zu stellen.

Einmal kam sie gegen zwei Uhr nachts nach Hause. An diesem Abend hatte er beschlossen, sie aufzufordern, ihre

Koffer zu packen. Die »ein, zwei Nächte« waren um, es ging jetzt lang genug, er wollte wieder in seinem eigenen Bett schlafen. Dass er sich schon sorgte, wenn sie nachts nicht nach Hause kam, ging definitiv zu weit. Er wusste ganz genau, wie er es formulieren wollte, nicht von oben herab, nicht aggressiv, aber doch entschieden. Es gab genug Hotels in der Stadt, der Kongress und die Weihnachtsferien waren auch vorbei, sie würde schon ein Zimmer finden. Bis er hörte, wie unten die Haustür geöffnet wurde, und das Klacken ihrer Pumps auf der Treppe erkannte. Sie öffnete sehr vorsichtig die Tür, zog sich lautlos aus, kroch ins Bett, und wenige Augenblicke später hörte er den ruhigen Atem einer Schlafenden.

Am nächsten Morgen tat er, als wäre nichts gewesen, und schluckte runter, was er hatte sagen wollen. Wenn sie um neun nicht zu Hause war, konnte er davon ausgehen, dass sie nicht mehr kam, dass sie entweder nicht schlief oder woanders. Bis auf das eine Mal, als sie gegen sieben Uhr morgens heimkam, ganz rot im Gesicht, die Haare zerzaust – in dieser Nacht hatte ihn eine rote Antilope verfolgt, als er suchend durch die Savanne zog –, und auf ihn einredete, als wolle sie ihm von jeder Minute Bericht geben, dabei erzählte sie eigentlich gar nichts.

Er versuchte, sie zu verstehen. Sie war eine junge Frau, war es nicht ganz normal, dass sie von Zeit zu Zeit jemanden traf, der ihr gefiel? Hatte Angela die Erinnerung an sorglose Verliebtheiten mit sich genommen? Oder bildete er sich das nur ein? Spielte ihr jemand übel mit? Er hatte sie gefragt, wo sie die ganze Nacht gesteckt hatte, und sie war nicht böse geworden wegen dieser Respektlosigkeit, sondern hatte angefangen, eine Geschichte über das Spoetnik und Walter zu erzählen. Sie behielt die Wahrheit nicht einfach für sich, sie überdeckte sie mit Lügen. Natürlich war ihr klar, dass er Walter nicht darauf ansprechen würde. Dann war da die Erinnerung an Angela. Einmal hatte er sich mit ihr gestritten, einmal hatte sie die Nacht auswärts verbracht, und genau in dieser Nacht war sie, wie der Arzt sagte, krank geworden.

Wenn sie spazieren gingen, wie sie es tagsüber manchmal machten, kreuz und quer durch die Stadt, dann fiel ihm auf, dass die Leute ihnen nachsahen, dass sie eine ungewöhnliche, aber auch interessante Erscheinung waren. Die Art, wie sie in aller Ruhe von einem Schaufenster zum nächsten schlenderte, die Brille hochgeschoben, dann wieder aufgesetzt, und ihn nach seiner Meinung fragte: »Wie findest du das Kleid?« oder »... die Schuhe da?« Er antwortete irgendetwas, meist ausweichend, hörte vor allem zu.

Manchmal gingen sie etwas trinken, meistens in einer Brasserie am Fischmarkt, wo sie auch abends öfters essen waren. Dann saßen sie am Fenster, ohne viel zu reden, sie sahen den Menschen zu, die vorbeiliefen, und begnügten sich mit den typischen nichtssagenden Plaudereien von zwei Menschen, die einander in- und auswendig kennen. »Schau mal da.« »Ja, ich hab's auch gesehen.« Mehr nicht, als könnten sie die Gedanken des anderen lesen.

Und sie fand es herrlich, ihn einzukleiden.

»Wenn die Menschen kommen, um deine Musik zu hören, Morgan, dann brauchst du neue Sachen. Du läufst rum wie eine in die Jahre gekommene Putzfrau.«

Er verschwand in einer Umkleidekabine, und sie reichte ihm eine Hose, dann wieder einen Pullover oder einen Anzug an. »Probier doch mal das.« Oder: »Das steht dir sehr gut.« Und wenn er dann aus der Umkleidekabine kam und sich selbst im Spiegel nicht mehr erkannte und sie fand, dass es ihm gut stand, dann zögerte sie nicht, ihm das Stück zu kaufen. Farben, von deren Existenz er keine Ahnung gehabt hatte, bunt, Markenkleidung, italienische Schuhe, alles Dinge, denen er früher keinerlei Aufmerksamkeit gewidmet hätte. Sie sagte: »Wenn du vornehm angezogen bist, schaffst du eine Verbindung zur Welt, aber gleichzeitig eine Distanz, die Menschen nehmen dich ernst, sie stellen Fragen, manchmal hören sie dir sogar zu, wenn du antwortest, zumindest brauchst du nicht ständig an dir selbst zu zweifeln. Du bist ein Künstler. Dann musst du auch so aussehen.«

Er erkannte sich selbst nicht wieder, schon gar nicht, nachdem sie ihn zu einem Friseur mitgenommen hatte, den sie anscheinend gut kannte, denn sie fielen einander um den Hals und küssten sich auf den Mund. »Das ist Morgan. Mach was, Frank. Mach was, denn so kann es nicht bleiben.« Sie lachte schallend dabei. Als sie wieder draußen waren, sagte sie: »Freitag wirst du endlich wie ein erfolgreicher Pianist aussehen. Es gibt jetzt nur noch eine Sache, für die wir eine Lösung finden müssen, nämlich dein bekümmerter Gesichtsausdruck.« Sie wolle ihn ja nicht darum bitten, fröhlicher zu schauen, gar nicht, aber trotzdem. Er schaute, wie er immer schaute.

Einmal nahm sie ihn mit in ein Restaurant, in das nur Menschen zu gehen schienen, die Geld eine unendliche Geringschätzung entgegenbrachten. Teller mit goldenem Rand, in der Mitte ein Klacks Algen, ein Schälchen klare Suppe, zum Dessert zwei Stückchen Apfel mit etwas Puderzucker, so ein Lokal halt. Während sie durch das Restaurant zu ihren Plätzen geführt wurden, schaute Morgan starr vor sich hin, er hatte kein Interesse an den Blicken der anderen Gäste, an dem, was auf ihren Tellern lag, und ob sie Probleme damit hatten, dass er anders aussah als sie. Simona sah sich um, so unauffällig, wie es ging, ob jemand da war, den sie kannte, fraglich war nur, ob sie darauf hoffte oder es fürchtete. Sie hatten eben den Kampf mit einem Hummer aufgenommen, als sie ein Mann ansprach, der vielleicht zwischen neunzig und hundert war, aber rege wie ein verspieltes Hündchen.

»Fräulein Simona.«

»Pedro!«

Sie erschrak, sie lächelte, für den Bruchteil einer Sekunde

sah sie Morgan an, dann wieder den alten Mann. Sie legte die Hummergabel am Rand des Tellers ab, wischte sich Mund und Hände ab, legte die Serviette zur Seite und streckte eine Hand aus. Der alte Mann beugte sich vor und berührte mit den Lippen ihre Finger, mehr nicht, immerhin lag ein Hummer auf ihrem Teller. Sie sagte: »Pedro, das ist Morgan. Morgan, Pedro.«

Die Art, wie sie es sagte. Sie wirkte auf einmal eigenartig selbstgewiss, stolz, sogar ein bisschen eitel.

»Angenehm«, sagte Pedro.

Morgan konnte erkennen, was in Pedros Kopf vorging: So, so, Junge, haben wir ein frisches Blümlein gepflückt? Morgan trug ein hellblaues Hemd und einen grauen Anzug, dazu ein rotes Einstecktuch, von dem Simona einige Stunden zuvor gesagt hatte: »Toller Kontrast, braun, dunkelgrau und rot. Jetzt noch Lackschuhe.«

Der alte Mann wandte sich wieder an sie: »Wie lang ist das her, Simona?«

Morgan wollte für sie antworten, dass bei ihm wohl alles lang her sei, aber er beherrschte sich.

»Seit der Weltausstellung?«

»Ja, so lang ist es wohl schon her.«

»Was machst du jetzt so, Simona?«

»Noch immer dasselbe.«

»Nun, das kannst du gut«, antwortete Pedro und sah Morgan an, um abzuschätzen, ob der auch etwas damit zu tun hatte.

»Sind Sie auch …?«, fragte er.

»Nein«, unterbrach ihn Simona. »Morgan ist Projektentwickler.«

Der alte Mann sah Morgan an, und sein Blick verriet, wie sicher er war, dass Morgan noch niemals etwas von Projektentwicklung gehört hatte. Dann wendete er sich wieder ihr zu und sagte: »Wir sollten uns mal treffen, Simona. Ich bin neugierig, wie es bei dir läuft.«

Er holte einen Montblanc-Füller aus der Innentasche, notierte auf einer Karte seine Telefonnummer und sagte, sie möge ihn doch anrufen, wenn sie Lust habe. Er wünschte ihnen noch einen schönen Abend und kehrte zurück zu seinem Platz an einem Tisch, an dem noch fünf weitere Gäste saßen.

»Pedro also«, sagte Morgan.

»Ein ausgesprochen lieber Mann. Sehr aufmerksam.«

Dann beugte sie sich über ihren Hummer und nahm das Gespräch da wieder auf, wo es durch Pedros Auftritt unterbrochen worden war.

Sie fühlte sich hier wie zu Hause, aber alle taten, als wäre er der Geschäftsmann, als wäre er es, der sie in das Sternelokal ausgeführt hatte. Die Kellner baten ihn, den Wein zu kosten, sie erkundigten sich, ob er noch ein Glas Likör wünsche, ob das rohe Scheibchen Chateaubriand ihm geschmeckt habe. Ihn sprachen sie direkt an, wünschen Sie dies, wünschen Sie jenes, dann fragten sie: »Für die Dame dasselbe?« Am Ende des Abends bekam er die Rechnung, sehr diskret, und sie bezahlte, nicht minder diskret. Sie fand es offenbar wundervoll, dass man ihn behandelte, als hätte er sie eingeladen.

Als sie das Lokal verließen, half er ihr in den Mantel.

»Bist du müde?«, fragte sie vor dem Restaurant, wo ein Taxi auf sie wartete.

»Nicht sonderlich«, antwortete er.

»Nach Zeebrugge«, sagte sie zum Taxifahrer. »Ach nein, Ostende.«

Am Meer gingen sie auf dem Deich spazieren, nicht lang, eine Viertelstunde höchstens, gerade Zeit genug, eine Zigarette zu rauchen, dann baten sie den Taxifahrer, sie zurückzubringen. In diesem Moment bemerkte er, wie alle Unruhe von ihr abfiel.

Manchmal war sie besonders nervös. Wie an diesem Montag Ende Januar, als sie mit rotgeränderten Augen nach Hause kam. Sie setzte sich an den Tisch und trank ein Glas Wasser. Statt sich zu erkundigen, ob etwas Schlimmes passiert war, ob sie vielleicht schlechte Nachrichten aus dem Ministerium habe, setzte er sich ans Klavier und begann zu spielen. Und während er spielte, sah er, wie erneut Tränen in ihren Augenwinkeln erschienen, die sie sofort wegwischte. Sie lauschte mit gesenktem Kopf, schaute auf ihre Schuhe, die Hände zwischen den Oberschenkeln zusammengepresst, die Schultern etwas hochgezogen.

Erst drei Tage später verließ sie das Zimmer wieder. Die ganze Zeit saß sie auf dem Bett oder am Tisch, sie machte Essen, las in einem Buch oder einer Zeitschrift und hörte Morgans Musik, wobei sie nicht mehr sagte als unbedingt notwendig. Am Abend des dritten Tages nahm sie ihren roten Koffer und erklärte: »Ich gehe zum Bahnhof. Du musst nicht auf mich warten. Vielleicht schlafe ich heute Nacht woanders.« Aber sie war gegen neun zurück, beherrscht und munter, wie sie es inzwischen oft war.

Einmal, Sonntagmittag, schlug sie vor, gemeinsam in die Oper zu gehen, sie hatte in einer Zeitschrift eine lobende Besprechung der Inszenierung gelesen. Verdis *Aida*. Trotz seines großen Interesses für Musik war er nur als Kind ein paar Mal in der Oper gewesen, seitdem hatte er durchaus mal eine Platte gehört, aber niemals mehr gemeinsam mit anderen Menschen aus Fleisch und Blut und einem Orchester im Orchestergraben und allem Drum und Dran. Er erinnerte sich, wie ihn seine Adoptivmutter in Salzburg in eine Aufführung von Mozarts *Zauberflöte* im Puppentheater mitgenommen hatte. Er war damals wohl neun Jahre alt, aber wenn er sich jetzt, mehr als zwanzig Jahre später, daran erinnerte, sah er die einzelnen Puppen noch deutlich vor sich, auch die Sänger, die am Ende hinter dem Vorhang zum Vorschein kamen.

Die ganze Vorstellung über hatte er andächtig zugeschaut und gelauscht, aber es war einfach nicht seine Musik. Er fühlte nichts, und es war sein letztes Mal geblieben.

Als Simona vorschlug, mittags in *Aida* zu gehen, zögerte er denn auch, aber er warf die Vorurteile über Bord und kam mit. Sie wirkten wie ein gutsituiertes Ehepaar, wie sie da die Eingangshalle des Opernhauses betraten. Sie waren zwanzig Minuten zu früh und beschlossen, im Foyer noch etwas zu trinken. Um sie herum nur unbeschwerte Gesichter, kein unpassendes Wort, keine Spur von Ärger, alles deutete auf einen gemütlichen Nachmittag hin, bis die Fistelstimme ihn ansprach.

»Freitagabend warst du phantastisch, Morgan. Phantastisch. Ihr wart so schnell weg, dass ich nicht mal mehr Gelegenheit hatte, mich bei dir zu bedanken.«

Die beiden gaben sich die Hand, als hätte jeder Sorge, sich irgendein Virus einzufangen.

»Danke, Walter. Immer schön, wenn der Veranstalter zufrieden ist.«

»Mehr als zufrieden. Wo musstest du so eilig hin?«

Am Freitagabend hatte Simona nach dem Auftritt sofort weggewollt, in ein anderes Café, wo sie bis weit nach Mitternacht auf einem Sofa über den Einfluss der Literatur auf die Musik gesprochen hatten. Ohne Morgans Antwort abzuwarten, wandte sich Walter auf Suaheli an Simona und gab ihr, wie es Morgan schien, zu verstehen, dass er mit etwas gar nicht zufrieden war, dass er wütend war auf sie, ausgesprochen wütend sogar, und dass er ihr am liebsten die Ohren langziehen würde. Offensichtlich sprachen sie immer Suaheli, wenn sie nicht wollten, dass jemand anderes etwas mitbekam. Walter presste Daumen und Zeigefinger zusammen und bewegte die Hand wie ein Dirigent, der das Orchester durch eine Stakkato-Passage führt. Simona sah ihn ungerührt an, eine Hand locker am Oberschenkel, die andere in der Hosentasche.

Während sie im Foyer aneinandergerieten, tauchten plötzlich auch Rik und der schweigsame Mann auf, der bei der Fahrt zum Residentie auf der Rückbank gesessen hatte. Außerdem zwei Frauen, die stets in Walters Nähe waren und deren Namen Morgan nicht kannte. Sie sagten nichts, keine Begrüßung, kein Handschlag, gar nichts, vollkommene Gleichgültigkeit auf beiden Seiten. Walter hatte einen grünen Anzug an, die anderen trugen Schwarz oder Dunkelgrau, Rik einen dunklen Schlips zum weißen Hemd. Morgan vermutete, dass Simona und Walter im Foyer verabredet waren, dass sie im Schutz des Gedränges etwas zu besprechen hatten. Was wäre unauffälliger, als in der Masse zu verschwinden, vor allem, wenn man eine Sprache spricht, die niemand sonst versteht?

Viel Zeit hatten Walter und Simona nicht, ein paar Minuten später schlug der Gong drei Mal. Walter sagte noch etwas, das sehr schroff klang, Simona antwortete ihm knapp, dann wandte sie sich Morgan zu und sagte: »Hast du die Karten?«

Sie drehte sich um und ging, ohne ein weiteres Wort zu sagen, die Treppe hoch zur Tür, durch die sie zu ihren Plätzen in der letzten Reihe im Parterre gelangten. Mit rotem Samt bezogene Klappstühle. Besucher suchten ihre Plätze. Hier und da jemand mit Hut oder auffälligem Pelzmantel, in der Saalmitte zog ein Mann seine ledernen Handschuhe aus und schüttelte einem Bekannten in der Reihe hinter sich begeistert die Hand. Der rote Vorhang wölbte sich durch die Bewegungen auf der Bühne, über ihren Köpfen ein gewaltiger Kristallkronleuchter. Er bemerkte, dass sich Simona nervös umsah.

»Wer ist Walter eigentlich?«

»Nur ein Bekannter.«

»Gibt es irgendwelche Probleme?«, fragte er.

»Lass uns lieber gehen«, antwortete sie.

Nicht weit vom Opernhaus entfernt standen Taxis. Sie

stiegen ein und fuhren los. Nach hundert Metern kamen sie an Walters rotem Maserati vorbei. Vorn saßen Walter und einer seiner Freunde, die anderen drei auf der Rückbank.

In dieser Nacht schlief sie sehr unruhig. Normalerweise lag sie nie wach, es dauerte selten länger als fünf Minuten, bis er an ihrem Atem hörte, dass sie eingeschlafen war, und wenn er nachts aufwachte, schlief sie immer. War sie ins Bett gekrochen, sagte sie kein Wort mehr, bis sie aufstand, während ihn in der tiefsten Nacht regelmäßig erst Phantasien, dann Grübeleien überkamen, und er hätte sie dann gern geweckt, um ihr seinen Traum zu erzählen.

Vielleicht hatte sie im Mädcheninternat gelernt, sich nachts nicht vom Trubel um sie herum stören zu lassen, trotz der Unruhe zu schlafen. Zwanzig in einem Raum, Mädchen, die zu anderen ins Bett krochen, Meinungsverschiedenheiten, die im Dunklen ausgetragen wurden, diese Aufseherin, die das geistige Niveau einer Zehnjährigen hatte, die andere, die den Mädchen bei Sonnenaufgang mit einem Stock zuleibe rückte. Bekannte Zustände, aber einer erholsamen Nachtruhe wenig zuträglich. Sie schlief irgendwo in einer Ecke des Zimmers, wo sie vor dem Elend weitgehend sicher war, die Mädchen in der Mitte hatten weniger Glück.

»Wo meine Mutter steckte? Ach, die hatte mich damals schon satt.«

3

»Hallo? Ja, bitte?«

Keine Antwort. Er bekam nie Anrufe, er hatte nicht einmal gewusst, dass sein Telefon noch funktionierte, das Ding stand unbeachtet unter einem Schwung Zeitschriften und Lumpen, und plötzlich hatte es geklingelt. Das übliche Geräusch, das anzeigte, dass die Verbindung stand, dann ein Klicken, gefolgt vom Besetztzeichen. Darüber hatte Pierre auch geklagt, es sei schon zur Gewohnheit geworden, zur Mode, diese falschen Verbindungen. Zerstreute Leute, die eine falsche Nummer wählten, oder jemand ließ die Wählscheibe etwas zu früh los, oder es gab einen technischen Fehler in der Zentrale, und man landete nicht bei dem, mit dem man sprechen wollte. Meist folgte dann eine Entschuldigung, manchmal beendete der Anrufer hastig das Gespräch, ohne etwas zu sagen. Morgan legte auf und dachte nicht weiter darüber nach, aber zehn Minuten später klingelte es erneut.

»Hallo.«

»… ch Simona s …?«

»Entschuldigung?«

Der Mann wiederholte die Frage wörtlich und genauso unverständlich:

»… ch Simona s …?«

»Simona ist nicht da.«

Sie war eine halbe Stunde zuvor aufgebrochen. Er wollte gerade selbst aus dem Haus, hatte den Mantel schon an und war damit beschäftigt, im Schränkchen unter dem Arbeitstisch ein Straßenbahnticket zu suchen.

»*Quand est-ce …?*«

»*Je ne sais pas*«, antwortete Morgan.

»*… urgent.*«

»*Je ne sais pas quand elle sera de retour.*«

Das Gespräch endete so abrupt, wie es begonnen hatte. Der Mann legte auf. Morgan packte seine Klaviernoten ein, verließ das Zimmer, nahm die Straßenbahn ins Zentrum und machte seine Besorgungen. An diesem Tag zog ein Karnevalszug durch die Stadt, der eine ebenso künstliche wie intensive Freude verbreitete. Er verlor abends kein Wort über den Anruf, was ihm nicht schwer fiel, denn Simona redete unaufhörlich.

»Die Angelegenheit im Ministerium steht beinahe. Sie sind einverstanden mit einer gütlichen Einigung.« Das war das Erste, was sie sagte, als sie zur Tür rein war. Dann kochten sie, irgendwas mit Soßen und frischen Kräutern und Honig und Senf, eine Kombination, von der in der Nachbarschaft bei der Eisenbahnbrücke sicherlich noch niemand etwas gehört hatte, mit Gemüse, das so exotisch wie unbezahlbar war. Zwischendrin redete sie, ohne Pause, und wenn sie doch einmal kurz nichts mehr zu sagen hatte, stellte sie eine Frage, und bevor er eine Antwort hätte formulieren können, war sie längst weiter, bei einem Exkurs, einer Betrachtung, einer Erinnerung an den Urwald, Stammesfehden, Diamanten und Kupferminen. Sie würzte ihre Geschichten nicht mit Gift, nicht mit Vorwürfen, nicht mit Orts- und Personennamen, es schien, als wäre es ein interessantes Experiment gewesen, als würde die Folge von Begegnungen den Sinn des Lebens bestimmen, ganz ungeachtet der Art dieser Begegnungen. Nur als er über dem Essen Walter erwähnte, bekam sie akute Nackenschmerzen.

»Wieso Walter? Das Einzige, was an Walter bemerkenswert ist, ist sein Schnurrbart. Er steht ja auch jeden Morgen eine halbe Stunde vorm Spiegel, um ihn aufs rechte Maß zu stutzen.«

»Woher weißt du das?«

Statt auf die Frage einzugehen, erkundigte sie sich, ob er nie Angst habe, dass ihm etwas passieren könnte. Er sah sie verwirrt an.

»Passieren? Meinst du ein Unglück?«

Sie nickte und sagte, genau das habe sie gemeint.

»Es kann immer was passieren.«

Er dachte an Angela, die kaum neunundzwanzig geworden war.

»Wenn mir was passiert, musst du mich an einem Ort verstreuen, an den viele Menschen kommen«, sagte sie, »an einem windigen Tag, damit ich gründlich verteilt werde.«

»Was redest du?«

»Versprich's!«

»Ich verspreche überhaupt nichts.«

»Versprich es, Morgan.«

Er schwieg.

»Was sollte denn passieren?«

»Gut, ich verlass mich auf dich.«

Drei Tage später rief der Mann wieder an, diesmal nachmittags, gegen vier. Morgan zögerte.

»... ch Simona s ...?«

»Pardon?«

»... ch Simona s ...?«

Ein verbogenes Gebiss? Folgen eines Schlaganfalls? Wie vor ein paar Tagen verstand Morgan nur »Simona«. Und er erkannte die Stimme wieder. Er hätte gern gesagt, dass der Mann sich verwählt habe, dass es ein Irrtum sei, dass hier niemand wohne, der so hieß, doch stattdessen kam Simona an den Apparat. Er hörte, dass der Mann am anderen Ende redete, aber er konnte nicht verstehen, was er sagte.

»*Je ne veux pas*«, sagte Simona nach ein paar Minuten.

Sie stand aufrecht neben der Tür, an der sie ihre Schulter rieb, ohne sich eigentlich anzulehnen. Sie blickte auf den

Spalt zwischen Tür und Rahmen, mit einer Hand hielt sie das Telefon, der andere Arm lag quer über ihrer Brust. Morgan konnte in ihrem Gesicht keine Zeichen von Verwunderung oder Beunruhigung entdecken, auch ihre Stimme klang eher gleichgültig. Sie sagte nur, dass sie etwas nicht wollte. *Je ne veux pas.*

Der Mann am anderen Ende der Leitung sah es offenbar anders. Er fing wieder an zu sprechen, sie hörte unbewegt zu. Ungefähr eine Minute, dann wiederholte sie: »*Je ne veux pas.*« Jetzt schwieg der Mann anscheinend. Jedenfalls hörte Morgan nichts. Vielleicht sprach er auch gedämpft. Dann sagte sie: »*D'accord.*« Ohne ein weiteres Wort legte sie auf, sie setzte sich an den Tisch und sah an Morgan vorbei aus dem Fenster. Es war einer von diesen Tagen, bei denen man schon im Vorhinein wusste, dass sie einem lange in Erinnerung bleiben werden, auch wenn man nicht genau sagen könnte wieso. Ein paar Minuten vergingen, dann stand sie auf: »Ich geh spazieren.«

Als sie eine halbe Stunde später wieder im Zimmer stand, verkündete sie: »Ich muss nach Zürich.«

Sie hatte geheult.

»Zürich?«

»Ich fahre übermorgen.«

»Du fährst übermorgen nach Zürich. Hast du schon ein Ticket?«

»Ich werde ein Auto mieten.«

»Was? Du willst doch wohl nicht mit dem Auto nach Zürich?«

»Doch, genau.«

»Kann ich dich begleiten?«

»Wohin?«

»Nach Zürich.«

»Nein.«

Morgan antwortete nicht. Ein Auto mieten, um nach Zürich zu fahren. Hatte sie einen Führerschein?

Am nächsten Tag mietete sie im Anderlechtsesteenweg einen alten grauen VW Golf, der selbst, wenn er nur dastand, überall klapperte. Der Vermieter behauptete, es sei der einzige Wagen mit Auslandsversicherung. Sie solle sich keine Sorgen machen, der Wagen sehe vielleicht heruntergekommen aus, aber alle mechanischen Teile, Antriebsachse, Kupplung, Bremsen usw. seien gerade erneuert. Nur die Karosserie sei bald zwanzig Jahre alt. Ein Diesel außerdem, auch in der Hinsicht könne sie es gar nicht besser treffen.

Über den Preis gab es keine Diskussionen. Simona reichte dem Mann Ausweis und Führerschein, der kopierte beides, ließ sie ein paar Formulare unterschreiben und verlangte eine Anzahlung, die Simona bar bezahlte. Sie mietete das Auto für einen Monat. Das war länger, als sie es brauchen würde, aber der Vermieter versicherte ihr, sie könne den Wagen jederzeit zurückbringen, er würde ihr dann etwas vom Preis nachlassen. Er gab ihr noch ein paar konkrete Hinweise zum Getriebe und zur Heizung, dann wünschte er ihr eine gute Reise, denn er hatte inzwischen verstanden, dass Morgan zu Hause blieb.

Von der Autovermietung fuhren sie direkt zu einer Buchhandlung, und Morgan stellte fest, dass sie ruhig und sicher fuhr, sie hielt genug Abstand zu den Wagen vor ihr, blinkte meistens, wenn sie jemanden überholte, schätzte richtig ein, wann die Ampel von Grün auf Gelb schaltete, sie hatte sich sogar angeschnallt, was keineswegs üblich war. Das beruhigte ihn einigermaßen. Im Buchladen besorgten sie Straßenkarten für Belgien, Frankreich, Deutschland und die Schweiz.

Nach einem einfachen Mittagessen breiteten sie die Karten auf dem Tisch aus und suchten den kürzesten Weg nach Zürich, sie berechneten erst den Weg durch Ostbelgien und Deutschland, dann die Alternativstrecke durch Frankreich. Letztere schien etwas länger zu sein, aber man konnte fast die ganze Zeit auf der Autobahn bleiben, die andere führte vor allem über Landstraßen. Die Alpen ließen sich nicht umgehen, und so blieb ihnen nichts, als zu hoffen, dass der alte Motor nicht schlappmachte. Auch wenn sie an der Grenze zwischen Luxemburg und Frankreich wahrscheinlich viel Zeit verlieren würde, entschied sie sich doch für die französische Route. Erst nach Metz, dann auf der A4 nach Straßburg, dann südlich, durch die Vogesen nach Basel. Morgans Finger blieb über Straßburg kurz hängen, dort hatte er ein paar Monate mit seinen Adoptiveltern gewohnt, in einem herrschaftlichen Haus mit einem Garten, der so groß war, dass er sich darin verlief.

Auf den Straßenkarten waren auch die Tankstellen verzeichnet, und sie planten, wo ungefähr sie würde tanken müssen. In Luxemburg. Und dann vielleicht am besten noch mal bei Mülhausen. Da gab es eine große Tankstelle. Etwas später würde sie dann schon in die Schweiz kommen, dann waren es noch rund hundert Kilometer bis Zürich.

Simona behauptete, wenn sie nur früh genug losfahre, wenn es keine Baustellen gebe, die Grenzbeamten den Verkehr nicht unnötig aufhielten, wenn sie in den Alpen nicht in einen Schneesturm geriete und das Auto nicht auseinanderfalle, müsse es möglich sein, die Strecke an einem Tag zu schaffen. Er hatte einen Zettel neben die Karten gelegt und notierte die Entfernung zwischen den einzelnen Städten. Insgesamt waren es etwa siebenhundert Kilometer. Viel zu viel, um es in einem Rutsch zu fahren. Ob sie schon einmal über siebenhundert Kilometer gefahren sei? Er legte ihr ans Herz, einen Zwischenstopp einzulegen und zu übernachten, zum Beispiel an der Raststätte in Longeville-lès-Saint-Avold Sud. Sie antwortete, sie müsse nur zeitig losfahren, ausreichend Pausen machen und vernünftig Tempo halten, dann sei sie auch in einem Tag da. Außer den Karten hatten sie im Buchladen auch noch einen Schweiz-Reiseführer gekauft. Er fragte sie, wo sie verabredet war.

»Sprüngli. Am Paradeplatz.«

Sie blätterte durch den Reiseführer und zeigte ihm ein

Foto. Das Kaffeehaus Sprüngli gab es seit 1836, wie die Bildunterschrift vermerkte. Und wann war das Treffen?

»Übermorgen um sieben Uhr abends. Ich kann in der Nähe übernachten, Hotel Marktgasse.«

»Mit wem bist du überhaupt verabredet?«

»Mit dem Mann, der gestern angerufen hat.«

»Das hab ich mir schon ...«

»Ich muss noch schnell ein paar Sachen für die Reise besorgen. Lass uns später sprechen. Jetzt muss ich zusehen, dass ich nichts vergesse. Sobald ich den Koffer gepackt habe, geh ich schlafen. Wird ein langer Tag morgen.«

»Jemand aus dem Ministerium?«

»Ach, sei still, Morgan.«

»Ich will doch nur ...«

»Halt einfach den Mund.«

Es klang fast liebevoll.

Sie entschied sich, um sechs Uhr morgens aufzubrechen. Ihm blieben also noch ein halber Tag und eine Nacht, um rauszubekommen, was sie in Zürich vorhatte, und um sie zu überzeugen, eine Übernachtung einzuplanen, statt die siebenhundert Kilometer am Stück zurückzulegen. Sie kam mit Shampoo, Damenbinden, Schokolade, Strümpfen, Streichkäse, einer Packung Zigaretten, zwei Flaschen Wasser und einem Päckchen Kaugummi aus dem Supermarkt. Dann gingen sie noch schnell in den Inno, wo sie einen warmen Pullover, eine Jeans und zwei Hemden besorgte. Für ihn kaufte sie einen Schal, ein edles Teil, bei dem ihm sofort klar war, dass er es nur zu ganz besonderen Anlässen tragen würde. Gegen vier war sie endlich fertig, sie hatte alles, was sie zu brauchen glaubte, und sah zu Morgan herüber, zufrieden, dass die Vorbereitungen so glattgelaufen waren. Am Fußende des Betts stand der Koffer, über einem Stuhl hingen die Kleider, die sie am nächsten Tag für die Reise anziehen wollte.

Sie schlug vor, das Auto noch zu nutzen, wo es ohnehin vor der Tür herumstand. Und wenn das Ding doch auseinanderfiel, dann besser, solang sie nicht zu weit weg von zu Hause waren, oder? Sie fuhr auf die Autobahn in Richtung Meer. Das Auto hatte ein Radio mit Kassettendeck. Der größte Unterschied zu ihren früheren Abstechern ans Meer bestand darin, dass sie selbst fuhr, zwischen ihnen eine Handbremse. Es war, als wären sie schon ein kleines bisschen getrennt. Das Auto fuhr überraschend geschmeidig, machte nur selten beunruhigende Geräusche, und auch die Anzeigen deuteten an, dass sie sich keine Sorgen machen musste um die Technik.

»Wie lange willst du denn wegbleiben?«

»Weiß nicht. Eine Woche, vielleicht ein bisschen länger.«

»Willst du wirklich nicht, dass ich mitkomme?«

»Nein.«

Am Meer war es regnerisch, einer dieser typischen Wintertage mit einer Wolkendecke, die aussah, als würde sie für alle Zeiten dort hängenbleiben, unbeweglich. Außer einem etwas älteren Herrn im Trainingsanzug, der keuchend an ihnen vorbeijoggte, waren auf dem Deich nur Leute mit Hunden unterwegs. Die Strandkabinen waren geschlossen. Simona schlug vor, schnell etwas essen zu gehen und dann gleich zurückzufahren. Er wollte trotz des schlechten Wetters erst noch ein bisschen weiterlaufen. Sie hakte sich bei ihm unter, und er bemerkte, wie entschlossen sie sich an ihm festhielt. Sie gingen weiter, bis sie zur Fahrrinne kamen, die in den Sport- und Fischereihafen führte, wo ein paar ältere Männer in gelber Regenkleidung standen und angelten. Er atmete die salzige Luft ein und staunte über die Schönheit von Granit, Wasser und Wolken. Fünf Minuten standen sie so da und schauten. Dann liefen sie mit Rückenwind zurück in den Ort, wo sie ein Restaurant entdeckten, dessen Küche bereits geöffnet war.

Gegen sieben fuhren sie zurück nach Hause. Unterwegs

hörten sie eine Sendung, bei der sich Anrufer Musik wünschen konnten. Die Ruhe der leeren Strecke, orange Straßenbeleuchtung, kein Regen, keine Lastwagen, überhaupt kaum Verkehr. Ab und zu schaute sie rüber, der junge Vogel. Warum musste sie auf einmal weg? Und warum nach Zürich?

Als sie sich der Abfahrt näherten, sagte sie, sie müsse noch einen kleinen Umweg machen. Er kannte die Gegend nicht, durch die sie fuhren, ein schickes Viertel, ein Durcheinander von Backstein und Beton, ordentlich gemähter Rasen, dann und wann eine einsame Buche. Am Ende einer Sackgasse stand ein Haus, das größer zu sein schien als die umliegenden, es war durch einen schmiedeeisernen Zaun und eine Taxushecke von der Straße getrennt. Keine Straßenbeleuchtung.

Sie drückte eine von einem Löwenmaul eingefasste Klingel, es dauerte ein bisschen, bis jemand kam, um ihnen aufzumachen. Der Mond war hinter den Wolken verschollen, und er erkannte den Mann, der den Kiesweg entlangkam, erst, als er schon den Schlüssel im Schloss drehte. Walter. Er murmelte etwas, das wie »Willkommen« klang, und Simona ging, ohne ihm zu antworten, durch das Tor. Walter machte Morgan Zeichen, ihr zu folgen.

In der Eingangshalle roch es nach Eukalyptus und gebratenem Fleisch. Sie durchquerten einen Windfang zu einer halb geöffneten Tür. Am Tisch saßen Leute, die Morgan zumindest vom Sehen kannte, auch ein älterer Herr, der Pedro ähnelte und sich kurz nach ihrer Ankunft allseits verabschiedete und aufbrach.

Einer von Walters Freunden erkundigte sich bei Morgan, ob der seine Noten dabeihabe.

»Ich arbeite heute Abend nicht«, antwortete Morgan.

»Warum denn nicht? Walter bezahlt doch anständig?«, fragte eine von Walters Freundinnen.

Simona hatte den Mantel ausgezogen und auf einem Sessel abgelegt. Sie nahm am Kopf des Tisches Platz, zog ein Glas zu sich heran und bat um etwas zu trinken. Morgan setzte sich neben sie und musste sofort husten vom Zigarettenrauch, der über dem Tisch hing. Walter schenkte Wein ein und stellte ihnen beiden einen Teller hin. Er machte eine Geste, dass der Rest vom Braten durchgereicht werden solle, außerdem das Schälchen mit Preiselbeeren und die Schüssel mit den Bratkartoffeln. Das Gespräch, das durch ihre Ankunft unterbrochen worden war, wurde wieder aufgenommen, als sei nichts geschehen.

»Du bist verrückt, Agnes«, sagte einer der Männer am Tisch, »das wäre ein Verlust von dreihunderttausend.«

»Nicht unbedingt«, antwortete eine von Walters Freundinnen.

»Du musst dir das Fell von dem Pferd ansehen: das Fell eines Siegers, glaub mir. Es glänzt, noch bevor es auf der Tribüne steht. Ein Hengst, sicher, aber wenn du mich fragst, ist die Sache völlig klar. Es gibt Leute, die sagen, du solltest deinen Einsatz am besten aufteilen. Ich sage: Alles oder nichts. Nummer eins: Ourasi, da verdienen wir nichts, denn der gewinnt in diesem Jahr alles, was man nur gewinnen kann. Andererseits: Besser nichts gewinnen als viel verlieren, stimmt's? Nummer zwei: Potin d'Amour, zweiundzwanzig zu eins, nicht schlecht. Und drittens: Grades Singing, ein kommender Stern.«

»Rik, wir reden hier von Cagnes-sur-Mer, nicht von Vincennes oder Sterrebeek.«

»Und Nummer vier: Prince Royal, der Sohn von Fakir du Vivier. Vielversprechende Gene, da ist mit einer Menge zu rechnen.«

»Greif zu, Morgan«, sagte Walter.

»Wir haben grad gegessen«, antwortete Simona für ihn.

Walter tat, als hätte er sie nicht gehört, und schnitt eine Scheibe vom Braten ab. Er legte sie vorsichtig auf Morgans

Teller, dann gab er zwei Bratkartoffeln und einen Löffel Preiselbeeren dazu.

»Ich habe heute Geburtstag. Offensichtlich glaubt jeder, dass ein Dreiunddreißigster gefeiert werden muss.«

»Das wusste ich gar nicht«, sagte Morgan. »Herzlichen Glückwunsch.« Er wollte ihm noch einmal die Hand geben, aber Walter war viel zu beschäftigt damit, die Teller zu füllen. »Dreiunddreißig, genau wie ich«, sagte Morgan. »Aber du siehst viel jünger aus.«

»Eine Kindheit in den Bergen. Dann bleibt man immer jung.«

»Wenn ich das gewusst hätte, hätte ich ein Geschenk mitgebracht.«

»Deine Anwesenheit, mein Freund, ist das schönste Geschenk.«

Hinter einem von Walters Freunden stand ein Klavier. Morgan wies mit dem Messer darauf und fragte: »Ist das gestimmt?«

Walter konnte die Frage nicht beantworten, aber Morgan möge es gern probieren. Morgan steckte ein Stück Fleisch in den Mund, stand auf und bat Walters Freund, sich woanders hinzusetzen. Drei Akkorde reichten, um zu wissen, dass das Klavier seit gut hundert Jahren nicht gestimmt worden war, doch das hielt ihn nicht davon ab, ein zigeunerhaftes Liedchen zu spielen, das er in Paris beim Pianisten von Les Avares gelernt hatte. Hinter ihm wurde geklatscht.

Es dauerte nicht lang, bis eine der Frauen aufstand und anfing zu tanzen. Wenn jemand bei einer Feier ein Instrument spielt, verändert sich sofort die Stimmung, das hatte er schon oft erlebt. Nach der Zigeunermusik spielte er einen ungarischen Walzer, ein Stück von Fats Domino und die Jazzversion eines Geburtstagslieds. Walter setzte sich neben ihn auf den Klavierhocker, und es schien Morgan, als habe er Tränen in den Augen. In einer Hand hielt er ein Glas Likör, in der anderen eine Zigarre. Beim ungarischen Walzer gab er mit der Zigarre den Takt vor. Zwischen den Anschlägen des Klaviers hörte Morgan Walters Atem, es klang, als schnarche er. Er trug einen Sommeranzug aus weißem Kammgarn, als wollte er den Regen verhöhnen, der an die Fenster prasselte.

Plötzlich fiel Morgan ein Lied ein, das er einmal in Paris gehört hatte, ein Volkslied, das ihm vor allem wegen seiner melancholischen Stimmung im Gedächtnis geblieben war. Er stimmte es an, bloß aus Erinnerung und Gehör, und zu seiner Überraschung sangen Walter, seine Freunde und Simona mit. Das Stück war intuitiv gut zu erfassen, er spürte genau, wie sich Rhythmus und Tonalität ergänzten. Nach der letzten Note der dritten Strophe applaudierten alle, und Walter beugte sich vor und drückte einen Kuss auf Morgans Wange.

»Idiot«, sagte er scherzhaft, »ein Lied über einen Mann, der aus seinem Vaterland flieht und niemals wiederkehrt. Endgültig wie der Tod. Wie kannst du es wagen?«

Morgan stand auf und setzte sich wieder neben Simona. Er sah in ihrem Gesicht, dass er sie mit der Musik glücklich gemacht hatte. Ihren Teller hatte sie nicht angerührt. Sie rauchte. Während die anderen sich über ein Kunstwerk im Museum voor Schone Kunsten unterhielten, kostete Morgan die Preiselbeeren.

Simona holte einen Umschlag aus ihrer Manteltasche und gab ihn Walter. Der stand vom Tisch auf und nahm auf einem Sessel Platz. Aus den Augenwinkeln beobachtete Morgan, wie Walter einige Papiere aus dem Umschlag holte, die er schwungvoll unterzeichnete. Dann steckte er die Papiere wieder in den Umschlag und gab sie Simona zurück. Ohne Walter zu danken, nahm sie die Dokumente, packte sie wieder in ihre Manteltasche und fragte: »Wann gehst du?«

»In ein paar Tagen«, antwortete Walter. »Sie haben die Bücher aus dem Spoetnik mitgenommen.«

»Und?«

»Was und? Mir bleibt nichts anderes übrig.« Und zu ihm: »Noch ein Stück Braten?«

»Nein, danke«, antwortete Morgan.

Sie saßen den ganzen Abend über am Tisch, tranken, rauchten, aßen. Es gab auch noch Nachtisch, Schokoladenkuchen und Sahneeis. Erst gegen Mitternacht, nachdem die Frauen in der Runde eine Partie Poker gespielt hatten, machte sich Simona bereit zum Aufbruch. Sie stand auf, zog ihren Mantel an und sagte: »Kommst du mit oder bleibst du da?« Genauso hatte es seine Adoptivmutter immer gemacht, wenn er aufstehen und mitkommen sollte.

Als sie gegen Mitternacht schlafen gingen, zögerte Morgan. Er war nicht betrunken, hatte aber womöglich doch mehr intus als sonst, er wählte auf gut Glück eine Platte, und plötzlich stiegen Bilder von Angela vor ihm auf. Er schaltete das Licht aus und kroch zu Simona ins Bett.

»Morgan?«, fragte sie. Und bevor er sie auch nur küssen oder mit den Fingerspitzen ihren Rücken berühren konnte, sagte sie: »Lass das, Morgan. Ganz schlechte Idee.«

Sie stieß ihn energisch zurück, nicht ängstlich, nicht brutal, aber doch entschieden genug, um keine Missverständnisse aufkommen zu lassen. Er entschuldigte sich kaum hörbar, ihm war die Situation unklar, sie entschuldigte sich auch. Er legte sich auf die Matratze beim Herd und lauschte auf ihren ruhigen Atem. Die Sonne ging schon auf, als er endlich einschlief.

Er wachte auf vom Geruch des Kaffees und dem fahlen Morgenlicht, das durch einen Spalt zwischen den Gardinen ins Zimmer fiel. Zum ersten Mal, seit sie für »ein, zwei Nächte« bei ihm untergekommen war, war sie vor ihm auf. Sie hatte sich gewaschen und saß am Tisch, vor sich eine Tasse. Sie zog die Stirn in Falten und sah auf die Straßenkarte von Belgien, sie studierte den ersten Abschnitt ihrer Reiseroute.

»Namur, Arlon, Luxemburg«, sagte sie, als sie bemerkte, dass er sie ansah. »Die A4. Dort eine Pause zum Ausruhen und Tanken.«

»Hast du deinen Pass?«

Sie nahm ihn vom Tisch und wedelte damit. Er stand auf, zog Hose und Hemd an und setzte sich neben sie.

»Wenn ich in Zürich bin, melde ich mich«, sagte sie. »Wahrscheinlich schon heute Abend, wenn in den Alpen kein Schnee liegt und ich beim Zoll nicht so lange warten muss.«

»Soll ich jemandem Bescheid sagen?«

Sie lachte und schüttelte den Kopf.

»In einer Woche bin ich zurück«, sagte sie.

»Kann ich dich irgendwo erreichen?«

»Hotel Marktgasse. Wenn es noch Zimmer gibt zumindest. Ansonsten …«

Sie trank ihren Kaffee und machte sich fertig. Sie trug die Sachen, die sie am Tag zuvor zusammen gekauft hatten. Er stand in der Tür, als sie fröhlich winkend mit dem grauen Golf davonratterte.

Eine Stunde später saß er bei Pierre an der Theke, es fiel ihm schwer zu lächeln. Pierre hatte ihn schon ein paar Wochen nicht gesehen. Einmal hatte Morgan Simona mitgenommen, und sie hatten zusammen an der Bar gegessen, als wären sie eins von den Touristenpärchen, die im *Lonely Planet* oder dem *Michelin* etwas über Pierres Lokal gelesen hatten.

»Monsieur Morgan«, rief Pierre, als er in das Café kam. »Wo hast du gesteckt? Wir dachten schon, du bist umgezogen.«

»Zu Hause.«

»Na dann. *Tout seul, hein.*«

»Einen Espresso, Pierre.«

Morgan griff sich die Zeitung und las eine Schlagzeile

auf der Titelseite, es ging um einen Politiker, der wegen des Verdachts der Korruption festgenommen worden war.

Pierre: »Noch Spektakel gehabt, *comment on dit? Des spectacles?*«

»Im Spoetnik. In Vorst. Sympathischer Laden, schrecklicher Betreiber.«

»Hier am Freitag ein Cellist und ein Akkordeonist. *Pas mal, hein, pas mal.*«

Während Morgan ein Croissant aß und einen Espresso trank, berichtete Pierre, was in den vergangenen Wochen alles passiert war: der Brand in einem Teil der alten Fabrik – zurzeit ging das Gerücht um, dass Katzen ein Stromkabel durchgebissen hatten –, Smolders war von drei jungen Frauen überfallen worden, Nieuwland sollte jetzt endlich asphaltiert werden, und im Pierre d'Angle hatten sie eines Morgens eine Leiche gefunden, ein junger Mann, Anfang dreißig, Überdosis.

II

4

Einige Tage, nachdem er sie hatte wegfahren sehen, zog er einen der Mäntel an, die sie ihm gekauft hatte, packte seine Notenblätter in eine Aktentasche aus schwarzem Ziegenleder, nahm das Straßenbahnticket, das schon den ganzen Morgen auf dem Tisch gelegen hatte, trank seinen kalten Kaffee aus und verließ das Haus.

Er entschied sich, zum Grote Markt zu spazieren, wobei er versuchte, von Anfang an ein gleichmäßiges Tempo zu halten. Er lauschte andächtig dem Rukuku der Tauben, die, wenn man den Lokalpolitikern glauben wollte, zur Plage für die Stadt geworden waren, ihm aber schienen sie die letzten Lebewesen zu sein, die nicht von der Unruhe verzehrt wurden. Außer den Tauben: das beruhigende Geräusch der Stadt, das unbestimmbare Rumoren, dann und wann drängte sich ein vorbeifahrendes Moped oder ein heulendes Kleinkind in den Vordergrund, nur kurz, wenige Augenblicke später wieder der monotone Lärm des steten Treibens. In der Nähe des Hotels Stalingrad gab er einem Obdachlosen, der auf dem Gehsteig saß und bettelte, eine Münze, er wollte eigentlich stehen bleiben und sich mit dem Mann etwas unterhalten, aber dann überlegte er es sich gerade noch anders, denn er musste an Simona denken, der er am Neujahrsmorgen unter ganz ähnlichen Umständen begegnet war. Es war vielleicht ungewohnt, nachts auf einer Matratze neben der Heizung aufzuwachen und den tiefen Atem einer jungen Frau zu hören, aber es war noch einmal etwas ganz anderes, von einem alten Säufer geweckt zu werden, der im Bett lag und vor sich hinschnarchte.

Er versuchte, sich durch nichts aus der Ruhe bringen zu lassen, nicht von den ersten Regentropfen, nicht von den lockeren Gehwegplatten, nicht vom Hund, der anschlug, als er um die Ecke kam, nicht vom Wasser, das ein vorbeifahrender Wagen hochspritzte, und auch nicht von den beiden Nonnen der Schwestern von Kalkutta, die sich an der Ecke Zuidstraat, Mussenstraat zankten. Ihm blieb keine wirkliche Wahl. Seit drei Tagen hatte sie jetzt nichts von sich hören lassen, also hatte er zwei Möglichkeiten, von denen eigentlich nur eine infrage kam: Er konnte vor Einsamkeit sterben oder so tun, als wäre nichts. Nur die zweite Option war es wert, bedacht zu werden. Genauer gesagt, wahrscheinlich war nicht nur nichts, es war auch nie etwas gewesen. Das Zimmer war voll mit ihren Sachen, Cremes, Wattebäuschchen, Lippenstiften, Ohrringen, im Kleiderschrank hingen Dutzende Kleider und Kostüme, aber das hieß nicht, dass eine junge Frau einige Wochen bei ihm gewohnt hatte. Im Gegenteil. Eine schwer zu erklärende Verkettung von Umständen, das schon, aber mehr auch nicht. Die Situation war ohne sein Zutun entstanden, sie würde sich auch ohne sein Zutun wieder ändern. Und bis dahin war das Wichtigste, sich nicht verrückt zu machen. Er dachte darüber nach. Wenn er sich nicht verrückt machen wollte, sollte er wohl den Stier bei den Hörnern packen und sie schleunigst suchen. Zu diesem logischen Schluss kam er in der Nähe der Sint-Niklaas-Kirche.

Die Lösung war also einfach und unumgänglich: Er musste mit ihr sprechen, das Missverständnis aufklären, und zwar auf der Stelle. Er betrat ein Café, fragte, ob er telefonieren könne, und ließ sich bei der internationalen Auskunft die Nummer des Hotels Marktgasse in Zürich geben. Ein ausgesprochen hilfsbereiter Rezeptionist mit Trompetenstimme bat ihn, den Namen zu buchstabieren: »*Épelez le nom, s'il vous plaît.*« Ihr Nachname? Morgan fiel auf, dass er keine Ahnung hatte, wie sie mit Nachnamen hieß, so sehr er auch nachdachte, sie hatte nie ihren Nachnamen genannt. Der Rezeptionist blieb freundlich und höflich, er hielt sich an den Vornamen, musste sich schließlich aber geschlagen geben: Im Hotel wohnten keine Simonas. Vielleicht unter einem anderen Namen?

Morgan dachte noch einmal scharf nach, es war ihr durchaus zuzutrauen, dass sie einen anderen Namen angegeben hatte, oh ja, sie war selbstverständlich imstande, hinter einer anderen Identität zu verschwinden, aber wie sollte er drauf kommen, wie sollte er den Namen herleiten? Da, bedauerte der Mann, könne er leider wirklich nicht helfen. Sie musste Dienstagabend eingecheckt haben und war vermutlich allein, ob das weiterhelfe? Der Rezeptionist blätterte im Gästebuch und sprach mit einem Kollegen, aber er bedauerte wiederum, nein, am Dienstagabend waren keine allein reisenden Frauen eingetragen, und auch in den folgenden Tagen hatten keine im Hotel gewohnt.

Auch wenn es Morgan schwerfiel zu glauben, dass in einem renommierten Haus wie dem Hotel Marktgasse zwei Tage lang keine einzige Frau allein gewohnt hatte, dankte er dem Mann und eilte zur Buchhandlung in der Wolvengracht, wo er den gleichen Schweiz-Führer erwarb, den sie mitgenommen hatte, dann lief er weiter zum Zeitschriftenladen an der Kreuzung mit der Anspachlaan, wo er *Le Soir* und *Le Monde* kaufte. Er blätterte schnell die internationalen Nachrichten durch, fand aber nichts, was ihm weiterhalf: Es gab keinerlei Meldung über größere Verkehrsunfälle auf der A32 oder A4, und östlich der Vogesen lagen die Temperaturen deutlich über dem Gefrierpunkt. Ob es in den letzten Tagen geregnet hatte, konnte er nicht herausfinden.

Mit dem Bus kam er zum Anderlechtsesteenweg. Unterwegs blätterte er in dem Reiseführer, der viele Fotos von den Alpen enthielt, außerdem fröhliche Frauen in traditioneller Tracht, Alpenhorn, Edelweiß, Käse und Schokolade sowieso.

Der Autovermieter war sehr freundlich, er fürchtete, dass mit dem Auto etwas geschehen sei, dass sie irgendwo am anderen Ende Europas eine Panne gehabt habe und feststecke. Doch hoffentlich kein Unfall? Nachdem Morgan ihn beruhigt hatte, bat er ihn um eine Kopie der Kopie ihres Ausweises. Der Mann zögerte eine Sekunde, dann murmelte er eine Entschuldigung, dieser Bitte könne er leider nicht nachkommen, leider, leider, Schutz der Privatsphäre, Datenschutz, so gern er behilflich wäre, leider, leider, damit könne er nicht dienen, da wäre er ganz schnell seinen Job los. Nicht einmal ihren Nachnamen konnte er verraten. Leider.

Morgan fragte sich, wieso die Leute manchmal derart übertrieben korrekt sein mussten, aber statt sich aufzuregen, ging er schleunigst nach Hause, um keinen Anruf von ihr zu verpassen. Dann nahm er den Reiseführer, schlug den Abschnitt »Sorgenfrei in Zürich übernachten« auf und rief alle Hotels in der Nähe des Paradeplatzes an. Neun Hotels, neun Rezeptionisten, alle sehr freundlich, alle voll des Bedauerns, dass sie ihm nicht weiterhelfen konnten. Er probierte auch einige weiter entfernte Hotels, aber mit demselben Ergebnis.

Er las ein paar Absätze in dem Billie-Holiday-Buch, schaute in den Wäschekorb, entschied, dass es noch zu früh sei, die Waschmaschine laufen zu lassen, erwog, um die Ecke in den Park zu gehen, setzte dann aber doch einen Kaffee auf, saß am Tisch und schaute ruhig durch das Fenster auf den Anbau der Hinterhäuser. Dann also das Außenministerium? Oder die Polizei? Was konnte er denen erzählen? Seit sie gefahren war, hatte sie sich nicht gemeldet. »Und wer sind Sie?« »Sie hatte etwas im Ministerium zu erledigen und hat ein paar Tage bei mir gewohnt.« Nein, sie würden ihn auslachen, sonst nichts.

Er zog seinen Mantel wieder an und ging zum Spoetnik. Mit bösen Ahnungen saß er in der Straßenbahn, außer ihm war eine Gruppe Kleinkinder im Wagen, der hagere Erzieher wirkte freundlich und einfühlsam. Der morgendliche Berufsverkehr war längst durch, die Mittagshektik hatte noch nicht begonnen, außer Morgan und der Kindergruppe war nur ein Dutzend anderer Passagiere in der Bahn, Frauen mit Einkaufstrolleys und ältere Herren, die mal ein halbes Stündchen aus dem Haus gingen.

Als die Tram an der Straße entlangkam, in der das Spoetnik lag, sah Morgan schon von Weitem, dass ihn seine Ahnung nicht getrogen hatte, an der Eingangstür fand er sie bestätigt. Die Gardinen des Spoetnik waren zugezogen, niemand zeigte sich, und die Tür war mit einem Klebeband versiegelt, auf dem in blauen Buchstaben »Polizei« stand. Er drückte die Klinke, aber die Tür war abgeschlossen, im ersten und zweiten Stock waren sämtliche Gardinen zugezogen. Überraschend kam das nicht, Walter war ein Betrüger, daran hatte Morgan nie gezweifelt. Er setzte sich in einem nahe gelegenen Park auf eine Bank und dachte nach, nicht lange, aber gründlich. Er kam zu dem Schluss, dass jetzt nur noch energisches Auftreten Licht ins Dunkel bringen konnte.

Er hielt ein Taxi an und gab dem Fahrer Anweisung, erst mal Richtung Autobahn, dann die Abfahrt, er erkannte das Wohnviertel, durch das sie gefahren waren, sofort wieder, ein kleiner Platz mit einer Kapelle im Zentrum, vorbei an Beton, Backstein, Zäunen, Taxushecken, bis sie nach fast einer halben Stunde Sucherei in einer Sackgasse ankamen, an deren Ende Walters Haus stand. Die Fahrt kostete Morgan so ziemlich alles Geld, das er bei sich hatte, daher verneinte er, als der Taxifahrer fragte, ob er warten solle. Er stieg aus und steckte die Hände tief in die Taschen des Mantels, den Simona ihm ein paar Tage zuvor gekauft hatte, und einen Moment lang hatte er das Gefühl, er könnte sie spüren.

Als er geklingelt hatte, überlegte er, was er überhaupt fragen sollte. Ob Walter etwas von Simona gehört hatte? Ob er eine Ahnung hatte, wo sie sich herumtrieb? Ob es bei dem Auftritt diesen Freitag im Spoetnik blieb? Es stand kein Honorar aus, aber er konnte sich unwissend stellen und eine

Szene machen. Wann Walter wohl gedenke, ihm die 10.000 Franc zu zahlen, die er ihm neulich versprochen habe, da der Auftritt viel länger gedauert hatte als geplant?

Der Mann, der ihm auf dem Kiesweg entgegenkam, trug Arbeitskleidung und war offensichtlich ähnlich überrascht wie Morgan. Nachdem sie einander begrüßt hatten, wie es zwei Menschen tun, die versuchen, einander einzuschätzen, sagte Morgan, er suche Walter.

»Walter?«

Der Mann hatte einen Blick, der an einen verirrten Hirsch erinnerte.

»Wohnt hier kein Walter?«

»Ach, Herr Du Bois. Nein, der ist umgezogen.«

»Umgezogen?«

»Er ist gestern Morgen fort. Der Mietvertrag ist ausgelaufen.«

»Und Sie sind…?«

»Ich bin der Eigentümer.«

»Walter hatte das Haus also von Ihnen gemietet?«

»Herr Du Bois. Ja, genau.«

Morgan war nicht überrascht, ganz im Gegenteil. Er überlegte einen Moment, dann fragte er: »Hat Walter vielleicht eine Adresse hinterlassen? Um die Post nachzusenden?«

»Auf dem Tisch liegen ein paar Zettel. Vielleicht finden wir da eine Adresse. Kommen Sie doch rein.«

Der Mann öffnete das Tor, und Morgan folgte ihm, den Kiesweg entlang. Er schloss die Tür und bemerkte sofort den Geruch von Eukalyptus. Walter hatte das Haus möbliert gemietet, alles stand noch genauso da wie bei seinem Geburtstagsfest vor ein paar Tagen, der Tisch mit den sechs Stühlen, der offene Kamin, das verstimmte Klavier.

»Wann genau ist er denn abgereist?«

»Gestern Morgen, so um neun.«

»Und er hat nicht gesagt, wo er hinwollte?«

»So etwas frage ich niemals. Schauen Sie, das sind die Papiere, die er zurückgelassen hat. Das ganze Haus ist aufgeräumt, bis auf diesen Stapel. Ich hab schon mal kurz reingeguckt, aber ich verstehe kein Wort.«

Morgan setzte sich an den Tisch und nahm die Papiere, die mit einer Schnur zusammengebunden waren. Manuskripte, die Handschrift hatte etwas Frivoles, sie war schwer zu entziffern, die Buchstaben wirkten eher wie Noten, gelegentlich ein Datum, einige Seiten auf Französisch oder Niederländisch, andere in einer Sprache, die er nicht kannte, einer Sprache, bei der die Buchstaben unten Schnörkel hatten und viele Akzente, wobei das auch an der Handschrift liegen konnte, vielleicht war es Suaheli. Offensichtlich waren einige der Blätter Rechnungen aus den sechziger Jahren, deren Rückseite zum Schreiben benutzt worden war, aber es waren auch linierte Zettel darunter, die beidseitig beschrieben waren, und ein paar Bögen des typischen blauen Luftpostpapiers.

»Genau das hab ich gesucht«, sagte er. »Walter muss es für mich hier hinterlegt haben.«

»Ich würde es eh wegschmeißen. Also, wenn es Ihnen gehört …«

»Ich nehme es mit. Hat Walter eine Adresse angegeben?«

Morgan war klar, was der Mann dachte: Diese Frage haben Sie mir doch schon zweimal gestellt. Aber er blieb höflich und antwortete: »Nein. Die Rechnung ist bezahlt, die Zählerstände sind notiert, und alles ist ordentlich, wie gesagt. Morgen ziehen die neuen Mieter ein.«

Morgan stand etwas unschlüssig da, die Zettel in den Händen, der Mann fragte: »Sind Sie ein Bekannter von Herrn Du Bois?«

»Könnte man so sagen, ja. Ich wollte mit ihm etwas sehr Wichtiges besprechen, aber das wird nun nicht möglich sein.«

»Nein, er ist gestern abgereist, mit den beiden Damen, mit denen er hier gewohnt hat.«

»Hat er lange hier gewohnt?«

»Vier Monate.«

»Meinen Sie, die Nachbarn könnten mir…«

»Das würde mich überraschen. Die Dame links ist taub, und das Ehepaar rechts verbringt den Sommer in Spanien, ich glaube, sie sind noch nicht zurück.«

»In Spanien.«

»Sie wissen schon: Pétanque, Pastis, Sonnenbad … Gerade noch nicht tot genug, um begraben zu werden.«

Ein leichtes Lächeln. Morgan band die Schnur wieder um die Papiere, verabschiedete sich und ging den Kiesweg zur Straße. Das Tor fiel hinter ihm zu. Die Zettel unterm Arm, lief er die Straße entlang, vorbei an scheußlichen Verblendsteinen, Anbauten und der Kapelle, in die er hineinsah – darin ein Rosenkranz und ein Strauß welker Blumen. Von dort ging er zur Straße, die in die Stadt führte. Er hatte kein Geld mehr bei sich, aber auch keine Lust, durch die ganze Stadt zu laufen, also fuhr er per Anhalter. Einmal im Leben hatte er dabei Glück, nach kurzer Zeit hielt ein alter Volvo. Morgan stieg an der Louizalaan aus. Die Straßenbahn, mit der er heimfuhr, war voller Beamter mit dünnen Aktentaschen und müden Gesichtern.

Beim Hallepoort hätte er aussteigen und mit einer anderen Bahn nach Hause fahren können, aber er blieb zwischen den Beamten sitzen, die zum Hauptbahnhof fuhren. In der Bahnhofshalle das übliche Gedränge. Er war etwas zu früh dran. Er nahm die Rolltreppe zu Gleis 11. Er setzte sich auf die Bank im Abschnitt A, wo sie an jenem Abend gesessen hatte, vor ein paar Wochen, den roten Koffer neben sich, die Sonnenbrille auf, sie hatte in ihrer ganzen Haltung wie eine zielstrebige Geschäftsfrau gewirkt. Eine Frau, die im Außenministerium Angelegenheiten zu regeln hat. Einige Gesichter kamen ihm bekannt vor, eine Frau mit einem Raubkatzengesicht schien ihn sogar zu grüßen. Sonst achtete niemand auf ihn, niemand sprach ihn an, niemand setzte sich neben ihn. Er sah zu der Bank, auf der er gesessen und sie beschattet hatte, der andere Blickwinkel war überraschend. Es war allmählich finster geworden, als er auf der anderen Bank gesessen hatte, heute war der Abend heller, über der Stadt hing die orange Glut der untergehenden Sonne.

Der 17:20er-Zug aus Lüttich zur Weiterfahrt nach Ostende fuhr in den Bahnhof ein. Geschäftiges Treiben wie immer, Gedränge, einer nach dem anderen stiegen die Fahrgäste aus dem Zug, nahmen vorsichtig die letzte Stufe, dann ging der Blick nach vorn, ins Unbestimmte. Nach drei Minuten gab der Schaffner mit einer Pfeife das Signal zur Abfahrt, die Türen schlossen sich, der Zug fuhr los. Als sich der Bahnsteig schon zur Hälfte wieder mit Menschen gefüllt hatte, die auf den nächsten Zug warteten, stand er auf und nahm die Rolltreppe nach unten.

Das Spoetnik war dicht, seine Auftritte dort waren auf unbestimmte Zeit abgesagt, wahrscheinlich endgültig, er konnte also getrost sein altes Leben wieder aufnehmen. Da war wieder der Gedanke, er könne ja so tun, als wäre nichts geschehen, als hätte es Simona gar nicht gegeben, als wären die letzten Wochen eine einzige Sinnestäuschung gewesen. Wenn sie nirgends angekommen war, war sie auch nirgends abgefahren. Und wenn sie nicht abgefahren und nirgends auffindbar war, dann war sie nie dagewesen. Er hatte sich nichts vorzuwerfen.

Er suchte Trost bei seinem Klavier, beschränkte seine Mahlzeiten auf Butterbrot mit Käse und schlief wieder in seinem Bett – verwirrt vom Damenparfum, das über Wochen in die Laken und das Kopfkissen eingezogen war. Als Herr Vermeersch ihm im Treppenhaus die Hand gab und sagte, er habe gehört, dass Morgan einen Gast habe, antwortete dieser, sein Gast sei bereits wieder abgereist. »Nein, keine Verlobte, eine alte Bekannte, nichts von Bedeutung.« Es war kaum etwas greifbar, aber doch: Haarspangen im Bad, eine halbleere Tube Zahnpasta, ein Schrank voller Kleider, von denen sie manche nur einmal getragen hatte, die Kaffeetasse, die sie morgens in der Hand hatte, wenn sie gerade richtig wach wurde, ein Zettelchen, auf dem sie etwas Unlesbares notiert hatte.

Natürlich spielte er mit dem Gedanken, in den Zug zu steigen und nach Zürich zu fahren. Aber dann? Und war es wirklich glaubhaft, dass sie nach Zürich gefahren war? Es hätte ihr ähnlich gesehen, genau jetzt dreimal zu klingeln, fröhlich den Koffer aufs Bett zu schleudern und irgendwas wie »Da sind wir wieder« zu sagen. Zumindest, wenn er sich in der letzten gemeinsamen Nacht beherrscht hätte. War sie deshalb verschwunden? Wollte sie ihn deshalb nicht mehr sehen? Ein Missverständnis, es war ein simples Missverständnis, das sich ganz einfach durch die Getränke erklären ließ, die ihnen Walter bei seiner Geburtstagsfeier serviert hatte. Aber um ihr klarzumachen, dass es nur ein Missverständnis war, musste er sie erst einmal wiedersehen. Am späteren Nachmittag boten Klavier und Bücher keinen Trost mehr, und er beschloss, bei Pierre eine Tasse Kaffee zu trinken.

Pierre: »*Donc, elle t'a eu, hein?*«

Morgan: »Ach, ich denk gar nicht mehr dran.«

Pierre: »Ja, das seh ich.«

Pierre, der aussah wie ein Trinker und Tagedieb und für seine besondere Kennerschaft bekannt war, wenn es um Vögel, Frauen und Kaffee ging, war in Alexandria geboren und hatte einige Zeit in der Fremdenlegion gedient, bevor er wegen eines Herzfehlers Betreiber eines Cafés geworden war. Wenn er in guter Stimmung war und keine anderen Gäste an der Theke saßen, dann öffnete er ein Schränkchen am Ende der Bar und holte ein Päckchen kenianischen oder guatemaltekischen Kaffee hervor. »*Très bon, hein*, etwas stark vielleicht, aber viel besser als das abgepackte Zeug.« Donnerstags war das Café geschlossen, dann traf Morgan Pierre manchmal auf einer Bank im Warandepark. »Der einzige Platz in der Stadt, wo die Vögel singen wie in den Bergen. *Comme dans les montagnes.*« Ab und zu setzte sich Morgan zu ihm und lauschte den Bergvögeln, mit dem Ohr eines Musikers, aber meistens hörte er nichts Besonderes, was seine Bewunderung für Pierre nur größer machte.

»Ich habe versucht, sie aufzuhalten«, sagte er, »alles habe ich probiert, aber sie hatte so seltsame Ideen, weißt du, Phantasien, die nirgends hinführen, sie war nicht zu fassen, ja, nicht zu fassen. Oh, sie hat gern geredet, sie kannte viele Menschen, sie liebte die Menschen. Aber ihren Gedanken konnte niemand folgen, ich jedenfalls nicht.«

»Une femme.«

»Du liegst falsch.«

»Une belle femme.«

»Genau.«

»*Oublie-la.* Vergiss es. Hier bei uns, *dans le quartier, on n'a pas de femmes comme ça.*«

»Nein, eher nicht.«

»Vielleicht hast du Lust, am Freitagabend mal wieder bei mir zu spielen, es ist eine Weile her, *hein.* Sie fragen schon nach dir, *les habitués.*«

Einmal ging er zum Mittag in das Restaurant am Fischmarkt, was sich als dumme Idee herausstellte, die Bauchschmerzen, die um zwei Uhr nachmittags einsetzten und sich erst gegen Mitternacht verzogen, sprachen eine deutliche Sprache. Statt zu schlafen, saß er nachts am Fenster, schaute auf den Anbau und fragte sich, was los war. Es war schrecklich, hatte aber auch etwas Lächerliches. Fehlte ihm nachts ihre ruhige Atmung? Oder vermisste er sie? Machte er sich etwas vor, oder war sie es, die ihm etwas vormachen wollte? Und warum war sie immer so ängstlich gewesen? Mach was, sagte er sich, spiel, mach Musik, beweg dich, lebe, iss, trink, rede, tanz, ja, wann hast du zuletzt getanzt? Sie war gekommen, um ein, zwei Nächte bei ihm zu bleiben, und ein paar Wochen später war sie wieder weggegangen. Das war alles. »Und jetzt geh schlafen.«

Er konnte nicht schlafen, blätterte die Papiere durch, die er bei Walter gefunden hatte, aber die Passagen, die er lesen konnte, handelten von Menschen und Angelegenheiten, mit denen er nichts zu schaffen hatte. Er legte sich angezogen ins Bett und betrachtete die Bilder, die zwischen den Schatten an der Zimmerdecke erschienen, Bilder von einem feuerroten Mond, darunter tanzende Tiere, die einander zum Kampf herausforderten, und mittendrin eine alte Frau, die über einen Stock gebeugt durchs hohe Gras floh. Auch seine Mutter war plötzlich verschwunden gewesen.

Zwei Wochen, nachdem sie nach Zürich aufgebrochen war, fuhr er mit der Metro von Lemonnier nach De Brouckère. Er nahm den Rollsteig, der vom Metro- zum Premetrobahnhof führte. Es war einer dieser Tage, an denen man nicht mehr glaubt, dass der Regen jemals wieder aufhört, grauorange Wolken trieben über der Stadt, dazu eisiger Nordostwind. Er war versunken in eigenartige Gedanken, als plötzlich jemand in einer gelben Regenjacke vor ihm stand, so einem Plastikteil aus den Sechzigern mit Kapuze und viel zu langen Ärmeln, der Regen rann daran herab. Er erkannte die junge Frau, die vor ihm auf dem Rollsteig stand, an ihrem Profil. Außerdem hatte sie die Tasche unter dem Arm, die sie zusammen in der Nieuwstraat gekauft hatten, mit all den Schnallen und Reißverschlüssen. Sie schaute starr vor sich hin, bewegte sich nicht, glitt auf dem Rollsteig vorwärts. Er stand kaum fünf Meter hinter ihr, zwischen ihnen ein Mann und eine Frau. Sie ging weiter zum Steig, wo die Straßenbahnen Richtung Hallepoort abfuhren. Im Tunnel überfiel ihn ein beklemmendes Gefühl, feuchte, drückende Luft, in beide Richtungen liefen Menschen aneinander vorbei. Er blieb in sicherem Abstand hinter ihr, auch wenn er nichts zu befürchten hatte, sie sah sich nicht ein einziges Mal um. Was machte sie hier? Sollte er sie einfach ansprechen?

Am Bahnsteig warteten die Menschen in drei, vier Reihen. Sie sah in die Richtung, aus der die Bahn kommen musste. Zwei Minuten im nasskalten Wind, Menschen, die sich von einer Seite des Bahnhofs zur anderen schoben, und mittendrin eine gelbe Regenjacke, die seine gesamte Aufmerksamkeit beanspruchte. Zwei Minuten, in denen sein Unverständnis wuchs. Die Straßenbahn hielt, sie stiegen beide ein, sie fand einen Sitzplatz, er stand. Zwischen ihnen zwei Dutzend Menschen und kaum Platz für einen Erwachsenen, sich umzudrehen. Auch eine Gruppe lautstark aufeinander einredender Afrikaner stand dort, aber sie beachtete sie gar nicht. Wie sie da saß, erinnerte sie ihn wieder an Angela, ebenso unbeirrbar, ebenso in sich gekehrt.

Die Bahn setzte sich mit einem Ruck in Bewegung, er konnte sich gerade noch an einer Stange festhalten. Mit jedem Halt nahm das Gedränge zu, bis eine Frau mit Kinderwagen versuchte einzusteigen und ein älterer Herr ihr zurief, dass kein Platz mehr sei, dass sie eben die nächste Bahn nehmen solle. Es war das einzige Mal, dass sie den Kopf vom Fenster wandte, durch das sie sonst die ganze Zeit sah; ohne jede Regung beobachtete sie das Geschehen im Wagen. Sie war es, kein Zweifel. Am Hallepoort stieg sie aus. Er folgte ihr in gehörigem Abstand in Richtung Hoogstraat. Sie zog die Kapuze über, sah nach unten, blickte sich nicht um. Sie auf einer Straßenseite, er auf der anderen.

Etwa auf halber Höhe verschwand sie in einem Tante-Emma-Laden gegenüber von einem Möbelgeschäft. Er drehte sich mit dem Rücken zu dem Tante-Emma-Laden und folgte ihren Bewegungen zwischen den Regentropfen auf dem Schaufenster des Möbelhändlers. Er konnte Chips erkennen und eine Flasche Orangensaft. Sie bezahlte mit einem Schein. Der Verkäufer packte alles in eine Plastiktüte, vermutlich wünschte er ihr einen schönen Tag. Sie kam wieder heraus und ging weiter, bis sie bei einem Hotel ankam. Sie ging hinein. Er zögerte, ging dann aber weiter.

Hätte er sie ansprechen sollen? Sie mit dem Ernst der Lage konfrontieren? Sich entschuldigen? Ihr unumwunden sagen, was er von ihrem Verhalten hielt? Ihr androhen, nötigenfalls die Polizei zu rufen? Es hätte eh nichts geholfen, sie wäre gar nicht darauf eingegangen.

Bei Pierre versuchte er, sich über alles klarzuwerden.

»*Dans le métro?*«

»Genau. Sie ist in einem Hotel in der Hoogstraat untergekommen. Da ist sie reingegangen.«

»*Elle va venir. Patience.* Bisschen Geduld.«

Am nächsten Tag lief Morgan ungefähr zur selben Zeit durch die Haltestelle De Brouckère, über den Rollsteig zur Straßenbahn. Natürlich war sie nirgends zu sehen, aber er nahm exakt dieselbe Strecke, erst mit der Straßenbahn, dann die Hoogstraat entlang, blieb bei dem Laden kurz stehen und lief weiter zum Hotel. Wieder zögerte er, was sollte er sagen? »Ich suche eine Frau mit einer gelben Regenjacke«? Vielleicht war sie schon wieder abgereist? Und wenn sie ihn nicht sehen wollte? Wenn sie beschlossen hatte, jeden Kontakt zu ihm abzubrechen? Vielleicht hätte der Rezeptionist sie im Zimmer angerufen, um ihr mitzuteilen, bei ihm am Schalter stehe ein etwas älterer afrikanischer Herr und erkundige sich nach ihr, und vielleicht hätte sie dann geantwortet: »Ein etwas älterer afrikanischer Herr? Ich kenne keine älteren afrikanischen Herren. Und ich wünsche keinen Besuch.«

Wenn man das Hotel von der Straße aus betrachtete, fielen einem sofort die hohen, mit Glasmalereien verzierten Eingangstüren auf, die an den vergangenen Glanz erinnerten, in dem sich diese Stadt viele Jahrzehnte lang gefallen hatte, als ihre Macht noch bis in die fernsten Winkel der Welt ausstrahlte und nur bedeutende Menschen in diesem Hotel abstiegen. An solchen Orten hatte er früher oft mit seinen Adoptiveltern gewohnt. Nach der Zahl der Gäste zu urteilen, die ein- und ausgingen, war es ein ausgesprochen beliebtes Hotel. Fast ausschließlich Touristen. Wohnte sie dort? War sie vielleicht gar nicht nach Zürich gereist, sondern war auf diese Weise nur ihm entkommen? Weil sie fürchtete, er werde wieder zudringlich werden? Aber das hätte sie ihm schließlich geradeheraus sagen können. Nein ist nein. Und all die Kleidung, die in seinem Kleiderschrank hing, brauchte sie die nicht mehr?

Er setzte sich direkt gegenüber vom Hotel auf eine Bank, von der aus er zwei Stunden lang den Eingang und die Fenster zur Straße im Blick behielt, dann fing es wieder an zu regnen. Mutlos kehrte er nach Hause zurück, wobei ihn eine Frau verfolgte, die ihn ständig fragte, wie spät es sei. Erst am Eingang zur Metro ließ sie ihn in Ruhe.

Am frühen Abend klingelte das Telefon. Er hatte geduscht, um die Kälte aus seinem Körper zu vertreiben, hatte sich mit einem neuen Badehandtuch Rücken und Hüften warm gerubbelt und war gerade dabei, seine Fingernägel zu schneiden, als ihn das Klingeln aus den Gedanken riss. Er legte die Schere ruhig beiseite, nahm den Hörer ab, hörte ein Rauschen, ein Klicken, dann das Besetztzeichen. Er zweifelte nicht daran, dass sie es gewesen war. Bevor er auflegte, klopfte er vorsichtig ein paar Mal mit dem Hörer auf die Innenfläche seiner Hand und bemerkte, dass er sich an die Tür lehnte und durch den Spalt zwischen Tür und Rahmen schaute, genau wie sie es getan hatte, als der Mann mit dem kaputten Gebiss sie aufforderte, nach Zürich zu kommen. Er legte auf, nahm wieder die Nagelschere und widmete sich seinem linken Daumen.

Als das Telefon einige Augenblicke später erneut klingelte, reagierte er nicht. Der Anbau, auf den sein Blick fiel, war jetzt nur noch ein dunkler Schatten, aus dem jedes Leben gewichen war. Er wischte die Gedanken fort, zog einen der

Anzüge an, die sie ihm gekauft hatte, und saß kurze Zeit später bei Pierre an der Theke. Der Regen hatte aufgehört.

»Wir müssen uns fürchten, *hein, pas de vie sans peur*«, sagte Pierre, als Morgan ihm von den Anrufen erzählte.

Morgan antwortete, dass sie genau das auch behauptet habe, als sie abends in einem Restaurant in der Nähe der Dansaertstraat gesessen hatten: »Ich war mit drei Freundinnen unterwegs – da waren wir wohl sechzehn –, wir liefen durch die Straßen der Stadt, wir suchten uns einen hübschen Jungen in unserem Alter und nahmen ihn mit nach Hause. Wir legten ihn aufs Bett, zogen ihn aus und sagten ihm, er solle sich beherrschen, bis ich gekommen war. Ich war immer die Letzte von uns vieren. Dann konnte er sich wieder anziehen und ab. Die Jungs in Zaire sind nicht zu vergleichen mit dem, was hier so rumläuft. Wenn er uns gefiel, gab es manchmal eine zweite Runde. Wir hatten Angst und wir genossen es. Lilly sagte immer, es ist die Angst, die uns das Leben genießen lässt.«

Morgan trank seinen Espresso, und Pierre gab ihm den Rat: »*Des fleurs.* Blumen können sie einfach nicht widerstehen.«

Morgan zahlte und stieg in die Straßenbahn, in der Nähe ihres Hotels stieg er aus, dachte an Pierres Rat und kaufte einen Strauß Nelken. Er fühlte sich einsamer als je zuvor, vielleicht hoffte er, dieses Gefühl hinter Blumen verstecken zu können. Es schien, als gäben sie ihm Halt, als hätte er endlich einen Grund gefunden, sie aufzusuchen. Die Verkäuferin fragte, ob er eine Grußkarte dazu wolle, aber das schien ihm überflüssig, er wusste ganz genau, was er sagen wollte, eine Botschaft, die sich besser sagen als schreiben ließ.

An der Rezeption stand ein vertrockneter Angestellter, dessen matte Augen hinter trüben Brillengläsern verborgen waren, die Stirn voller Runzeln, er sprach lustlos und nur schwer verständlich. Er erwiderte Morgans Lächeln schwach, aber es sah eher aus, als ob er ihn beißen wollte. Aus seinem Mund drangen unklare Worte, wie bei jemandem, der seine Unsicherheit schon einige Zeit nicht mehr im Griff hat und seine Gefühle nicht verbergen kann. Eigentlich wirkte er trübselig, aus der Fassung gebracht, ja, diesen Anschein machte er. Jemand, der Mitleid in einem weckte, ein angefahrener Hund, der winselnd am Straßenrand liegt und auf Erlösung hofft.

»Nachname?«

»Keine Ahnung. Ihr Vorname ist Simona. Wahrscheinlich Simona.«

Ohne seinen Widerwillen zu verbergen, nahm der Mann die Gästeliste, blätterte ein wenig darin, dann sagte er, es wohne niemand im Hotel, der Simona heiße. Die beiden großen grauen Augäpfel drehten sich über der Hornbrille, sahen Morgan an, dann drehten sie sich in Richtung der Nelken. Plötzlich doch ein kleiner Lichtblitz in seinen Augen.

»Einen Moment.«

Er blätterte zurück, glitt mit dem Finger über die Namen und sagte: »Simona Tremblay?«

»Das muss sie sein.«

»Ja, ja. Die junge Dame. Wissen Sie, wir haben so viele Gäste. Sie hat hier ein paar Wochen zusammen mit« – er setzte den Finger erneut auf die Liste und suchte – »mit einem gewissen Jonas Vannieuwelingen gewohnt. Heute Morgen hat sie ausgecheckt.«

»Sie ist weg.«

»Ganz recht. Der junge Mann auch. Der junge Mann ist schon ein bisschen länger weg. Erst haben wir sie ein paar Wochen nicht mehr gesehen, und als sie zurück war, hat er seine Koffer gepackt. Sie sagte, wir könnten alles wegwerfen, was wir im Zimmer noch fänden. Sie machten ziemlich viel Krach.«

»Wer?«

»Sie und der junge Mann. Als sie hier waren. Aber bezahlt hat sie.«

»Was für einen Krach?«

»Der übliche Krach, wenn ein Paar sich noch nicht lange kennt. Hochzeitsreise, Sie wissen schon.«

»Ach so.«

»Der Putztrupp hat einen halben Tag gebraucht, um alles wieder in Ordnung zu bringen. Bis drei Uhr nachmittags.«

»Wie lang haben sie hier gewohnt?«

Er blätterte in seiner Gästeliste und zählte laut.

»Zusammen? Eine, zwei, drei ... sieben Wochen. Seit der zweiten Dezemberwoche. Die ganze Zeit über wollte sie nicht, dass wir das Zimmer machen, keine frischen Laken, nicht staubsaugen, nichts. Auch nicht, als er schon abgereist war.«

Morgan zögerte. Der Mann bemerkte offensichtlich, dass die Auskünfte ihn überraschten.

»Und Sie sind ...?«, fragte er.

»Ein alter Bekannter von ihr. Sie hatte mich gebeten, sie hier zu treffen, aber ich bin vor heute Abend nicht dazu gekommen.«

Der Mann wunderte sich offensichtlich nicht, dass ein alter Bekannter ihren Nachnamen nicht kannte.

»Da sind Sie zu spät«, sagte er. »Ich kann Ihnen nicht helfen. Es ist hier wie im echten Leben: Die Gäste kommen, die Gäste gehen, und was sie zwischen Ankunft und Abreise tun, interessiert kaum jemanden, solang sie nicht gar zu viel Krach machen.«

Das letzte Mal, dass der Mann selbst Krach gemacht hatte, lag ganz offenkundig schon länger zurück, dachte Morgan. Er sagte nichts, doch der Mann musste ihm seine Enttäuschung angesehen haben.

»Warten Sie«, sagte er.

Er kam hinter dem Schalter vor, verschwand durch eine Tür mit einem Schild, auf dem »Privat« stand, und kehrte mit einem Karton zurück.

»Das hat sie alles in ihrem Zimmer zurückgelassen. Es geht sonst morgen in den Hausmüll.«

Morgan legte die Nelken auf dem Schalter ab und öffnete die Schachtel, in der vor allem Frauensachen waren, Cremes, wie sie auch bei ihm im Bad standen, ein Armband, das er wiedererkannte, ein Schwarz-Weiß-Foto und ein paar lose Blätter. Ohne zu fragen, nahm er den Karton, bedankte sich bei dem Mann, sagte, er möge die Blumen doch seiner Frau schenken und verließ das Hotel. Simona Tremblay. Es überraschte ihn nicht, dass er jetzt erst wusste, wie sie hieß.

Um ganz sicherzugehen, wollte er noch einmal den Mann beim Autoverleih aufsuchen und ihn fragen, ob Simona Tremblay die graue Klapperkiste zurückgebracht hatte, aber er kannte die Antwort ja bereits: Das Auto war in perfektem Zustand wieder abgegeben worden, kein Unfall, keine neuen Dellen, aufgetankt, und was den Nachnamen betraf, war keinerlei Diskussion zu erwarten. Es war auch sinnlos, noch einmal alle Hotels in Zürich anzurufen, um zu fragen, ob eine gewisse Simona Tremblay dort ein Zimmer genommen hatte. Sie war verschwunden, weg, warum war er so überrascht? So entrüstet? Er konnte sich jetzt wieder auf den Alltag konzentrieren, ohne ihre sprühenden Einfälle, ohne ihre Scherze, über die er bis tief in die Nacht lachte, ohne die Geschichten von Büffeln, Gold und geheimnisvollen Verwandlungen von Mensch und Tier in ihrem Geburtsland.

Er setzte sich ans Klavier, schloss die Augen, strich mit den Fingerkuppen sanft über die Tasten, und schon bei den ersten Tönen sah er sich selbst, wie er in einem Dorf in der Savanne umherkroch, eine grüne Fläche, die am Horizont in ein Gebirge überging; er hielt sich fest an einem Gehstock, auf den ein alter Mann sich stützte, gemeinsam humpelten sie einen Sandweg entlang in Richtung der Kaffeeplantage.

Lilien, die in trübem Wasser trieben; ihre Wurzeln waren nicht auszumachen. Eine Frage, die immer wiederkehrte:

Warum hatte irgendjemand ihn in ein Flugzeug gesetzt? Er hatte sich das gefragt, so lang er sich erinnern konnte, doch üblicherweise kam auch die Antwort schnell und bündig: Darum. Er hatte für sich entschieden, dass es nichts brachte, die Grübelei war überflüssig, und er war seit Langem so weit, dass diese Anwandlungen ihn nicht mehr beschäftigten als die Feststellung, dass es regnete.

Vielleicht lag es an der Stille, die Simona hinterlassen hatte, dass nun doch Erinnerungen nach oben drängten? Wie diese: Eines Abends hatte seine Adoptivmutter am Tisch behauptet, Hunderte Männer und Frauen aus demselben Dorf seien an einer Krankheit gestorben – im Schlaf –, nur die Kinder hätten die Epidemie überlebt. Doch als sie es ausführen wollte, hatte sein Adoptivvater ihr beschieden, sie möge von etwas anderem sprechen. Eine der wenigen Gelegenheiten, bei denen Morgan mitbekam, dass sie unterschiedlicher Meinung waren. Hatte sie von dem Dorf gesprochen, aus dem er stammte? Keine Ahnung. Was war aus den Menschen geworden, die ihn gekannt hatten, als er gerade geboren war? Warum hatte man ihn dort weggeholt? Er versuchte zu rekonstruieren, wann er die Menschen, die ihn großgezogen hatten, zuletzt gesehen hatte: vielleicht vor siebzehn Jahren?

Er stand vom Klavier auf und zog die Pappschachtel zu sich, die der Mann im Hotel in den Müll werfen wollte. Weg damit, dachte er. Er sollte einfach alles ausmisten, wegwerfen, alle Spuren auslöschen. Was suchte er denn? Vielmehr: Was hoffte er zu finden? Lippenstift, Cremes, eine Frauenzeitschrift, die Haarspange aus Horn, die sie immer getragen hatte, ein Armband, das ihm bekannt vorkam, eine Herrenuhr, ein paar Zettel, auf die sie in ihrer kantigen Handschrift etwas Unleserliches gekritzelt hatte. Auf einem davon standen eine Adresse und, eingeklammert, ein Name: (Lilly).

5

Morgan klingelte dreimal, keine Reaktion. Nach dem dritten Versuch erschien jemand hinter einer Glastür, den er für den Concierge des Gebäudes hielt, der Mann war dick und wirkte gemütlich, er hatte einen lustigen, breiten Schnauzbart.

»Madame Lilly? Ist sie nicht da? Wie spät ist es denn?«, fragte der Mann mit einer sanften, samtweichen Stimme, als wohnten im Haus nur Katzen. Er drehte den Kopf und rief durch eine Tür an der Seite: »Maria? Wie spät ist es?«

»Zehn Uhr«, antwortete eine Tenorstimme aus der Ferne. »Sie ist zu Andrés Grab.«

»Sie ist vielleicht beim Grab ihres Gatten«, sagte der Mann. »Gegen Mittag ist sie wahrscheinlich zurück.«

Er sah, dass Morgan unschlüssig war.

»Kommen Sie von weither?«

»Zeebrugge«, antwortete Morgan.

»Zeebrugge?« Der Breitschnauzer drehte wieder den Kopf und rief: »Maria! Ein Neger aus Zeebrugge.«

»Bitte ihn doch herein.«

»Wollen Sie nicht bei uns warten, hm? Eine Tasse Kaffee?«

Morgan folgte dem Mann durch einen Flur, der in eine geräumige Küche führte, wo eine Matrone am Tisch saß und Kartoffeln schälte. Sie war mindestens so dick wie der Mann, hatte ebenfalls einen Schnurrbart und trug eine Schürze mit Blümchenmuster. Was sofort auffiel, war eine Schwengelpumpe am Waschbecken. Sie tropfte etwas.

»Madame Lilly ist um zwölf rum zurück«, brummelte die Matrone. »Gib ihm einen Kaffee, Jan. Kaffee?«

»Gern.«

»Madame Lilly kriegt nicht oft Besuch«, hörte Morgan die Samtstimme sagen, während eine dickliche Hand einschenkte. »Schon gar nicht von so weit weg.«

Meinte er Zeebrugge?

»Wir haben gemeinsame Bekannte«, sagte Morgan.

»Das wundert mich nicht«, sagte der Mann. »Madame Lilly kennt Gott und die Welt.«

Während die Matrone in aller Ruhe weiter ihre Kartoffeln schälte, betrachtete sie Morgan aufmerksam.

»Musiker«, sagte sie.

Es war keine Frage, eher eine Feststellung. Sie bemerkte, dass Morgan sie nicht verstanden hatte.

»Sie sind Musiker«, wiederholte sie.

»Pianist.«

»Jan, Musik!«

Jan stand auf, öffnete einen Schrank und legte eine Platte auf, eine Symphonie von Dvořák. Im Laufe der zwei Stunden, die Morgan dasaß und wartete, sagten Jan und die Matrone nur eine Handvoll Worte, Belanglosigkeiten über das Wetter und den Kaffee. Dann und wann stand die Matrone auf, um etwas zu machen, einen Kessel Wasser aufzusetzen, Fleisch aus dem Kühlschrank zu holen, mit einem Handtuch die Anrichte abzuwischen; Jan tat nichts, außer Kaffee einzuschenken und die Platte umzudrehen. Wenn sie sich nicht bewegten, saßen sie einander gegenüber am Tisch und betrachteten Morgan mit unverhohlener Neugierde, aber er hatte keine Lust, nach Hause zu gehen oder eine Runde zu drehen.

Um zwölf sagte die Matrone: »Da ist sie.«

Und da Morgan nicht reagierte, wiederholte sie den Hinweis: »Ich habe Madame Lilly gerade kommen gehört. Sie können sie jetzt besuchen.«

Morgan dankte dem Mann und der Frau für die Gastfreundschaft und versprach, später noch einmal vorbeizuschauen. Kurz sah es so aus, als würde die Matrone gleich in Tränen ausbrechen. Morgan sah zu, dass er fortkam.

Lilly wohnte in der einzigen Wohnung im sechsten Stock, an der Tür hing ein Kranz aus getrockneten Blumen. Sie war zurechtgemacht, als wäre Morgan ein überaus geschätzter Gast, den sie schon sehr lange erwartet hatte, und sie wirkte auch nicht überrascht, als er fragte, ob er sie kurz sprechen könne. Er folgte ihr in ein Wohnzimmer, in dem es nach englischem Tabak roch, auf dem Tisch standen Tee und Plätzchen, und aus einem Eichenschrank gegenüber der Anrichte ertönte ein klassischer Walzer. An den vier Wänden hingen, grob geschätzt, hundert Gemälde in allen Formaten und Formen, die alle denselben mürrischen Mann zeigten, auf einigen Bildern trug er Orden an der Brust, auf dem größten Gemälde saß er auf einem Pferd. Morgan fiel auch ein Schränkchen auf, darauf ein entzweigebrochener Säbel, an jeder Seite ein Globus, außerdem ein Schaukelstuhl unter einer Stehlampe aus Nussbaum.

»Was wollen Sie, he? Journalist?«

Bei all den Augen, die auf ihn herabblickten, musste Morgan sich erst einmal wieder sammeln, dann sagte er, er sei Musiker und hätte nichts mit Journalismus am Hut. Sie schien ihn nicht verstanden zu haben, denn sie sagte: »Kommen Sie wegen André? Ich habe nicht die Absicht, alles noch einmal zu erzählen. Sie waren doch alle schon hier. Sie kommen, wollen alles wissen, und dann schreiben sie irgendetwas zusammen.«

Morgan antwortete: »Ich habe vor ein paar Monaten Simona Tremblay getroffen, und ich glaube, Sie kennen sie gut.«

Es war kurz still, dann sagte sie: »Ach, Simona, tja, einen Tee?«

Ohne seine Antwort abzuwarten, schenkte sie zwei Tassen ein und schob ihm den Teller mit den Plätzchen hin.

»Greifen Sie zu.«

»Vielen Dank. Genau, Simona hat mir ...«

»Das Kind hat alles, um erfolgreich durchs Leben zu kommen. So ein gescheites Mädchen ist mir in meinem ganzen Leben nicht begegnet. Intelligent, ernsthaft, und gut aussehen tut sie auch.«

Er trank etwas Tee und sagte: »Sie hat mir erzählt, dass ihre Mutter ganz ...«

»Ach, Marianne, tja. Ihre Mutter, was wollen Sie wissen? Eine Frau, die Pech gehabt hat. In der Liebe, das vor allem: Pech in der Liebe. Aber sie hat Simona geliebt, das kann ich Ihnen versichern, niemanden hat sie so sehr geliebt wie sie.«

»Simona sagte, ihre Mutter...«

»Glauben Sie ihr kein Wort. Simona hat nie verstehen können, dass ihre Mutter sie geliebt hat. Sie hat im Kongo zu wenig Liebe gesehen, das war das Problem.«

»Sie meinen, dass sie ...«

»Gar nichts meine ich. Lassen Sie Ihren Tee nicht kalt werden und nehmen Sie ein Plätzchen. Ich hab sie selbst gebacken.«

»Sie sehen herrlich aus.«

»Danke. Ich hab sonst nichts zu tun. Seit André nicht mehr da ist, backe ich den ganzen Tag Plätzchen. Ich bin froh, dass Sie geklingelt haben. Schauen Sie«, sagte sie und schob ihm ein Fotoalbum hin, das sie in der Mitte aufschlug. »Hier zum Beispiel, das ist Marianne, und da steht Simona. Ihr Vater muss das Foto gemacht haben.«

Sie wies auf ein Schwarz-Weiß-Foto, auf dem eine Frau und ein Mädchen posierten. Im Hintergrund eine Plantage mit Teesträuchern, weiter hinten eine Wand aus hohen Bäumen, ein undurchdringlicher Urwald, wie es schien. Die Frau und das Mädchen trugen weiße Hüte, die Schatten über ihre Gesichter warfen, weshalb Morgan Simona nicht erkannte.

»Der Vater, kennen Sie ...?«

»Ein Schurke, von dem es heißt, dass er versessen war auf

Whisky und schöne Frauen. Über ihn kann ich gar nichts sagen. Marianne hat nie von ihm gesprochen. Wenn sie ihn doch mal erwähnte, nannte sie ihn nur den ›Kanarienvogel‹.«

»Den Kanarienvogel«, wiederholte Morgan.

»Sie hat mir mal erzählt, dass er ihr, als alles noch gut lief, einen Kanarienvogel geschenkt hat, der so munter in seinem Käfig rumflog, dass sie Mitleid bekam und das Tierchen nach einer Woche freigelassen hat. Er war vielleicht der einzige Mann überhaupt, der sie mit seinem Gerede über die Macht der Liebe rumgekriegt hat.«

»Und Simona hat…«

»Nein, nein! Wenn Simona auf ihren Vater zu sprechen kam, stand Marianne auf und verschwand, es dauerte dann Stunden, bis sie wieder auftauchte. Sie hat nie zugeben wollen, was sie gefühlt hat. Sie kommen auch von dort, nehme ich an?«

»Möglich. Ich weiß es nicht.«

Sie sah ihn an, als hätte sie eine Eingebung, fasste sich aber sofort wieder, nickte und ging nicht weiter auf seine Antwort ein. Der Geruch in der Wohnung erinnerte Morgan an das Haus seiner Adoptivoma, ein Wohnzimmer mit einer Westminster-Uhr auf dem Kaminsims und Bogenhanf in Töpfen auf der Fensterbank, über dem Esstisch ein Oberlicht im Flachdach, das Glas war geriffelt und undurchsichtig.

Er schaute wieder in das Album und auf die fünf Bilder auf der Seite, die sie aufgeschlagen hatte; auf einem ein Jeep, davor ein Mann, der in die Kamera lachte, und ein zweiter Mann, der mit einer Schaufel eins der Vorderräder freilegte, auf einem zweiten ein gefleckter Hund, der wegrannte, die drei anderen Fotos waren weitgehend identisch, sie zeigten ein Haus mit Veranda.

»Im Hintergrund Bananensträucher, sehen Sie?«, sagte sie.

»Im Kongo aufgenommen? Die Fotos?«

»Nein, in Ost-Rozebeke. Wachsen bei uns vielleicht Bananen?«

»Verzeihen Sie. Wann ist…?«

»Irgendwann in den Siebzigern, denke ich, vielleicht Anfang der Achtziger. Kurze Zeit später sind sie nach Belgien gekommen, und Simona ging ins Internat. Marianne versuchte, ihr eigenes Leben wieder zu ordnen, und Simona war am Wochenende meistens hier.«

»Hier in der…?«

»Hier, in dieser Wohnung, genau. Sie hat Arbeit in Lüttich gefunden, Marianne meine ich. Sie wohnte hier, aber sie hatte auch ein Zimmer in Lüttich. Wenn es ging, übernachtete sie hier. Mit dem Zug hin und her, sie musste jeden Morgen um sechs los, abends um sechs war sie zurück. Es wäre besser gewesen, wenn sie bei diesem Übersetzerbüro geblieben wäre, na ja, sie hatte sich nicht im Griff.«

»Was meinen Sie damit?«

»Nichts. So war sie ja auch an den Kanarienvogel geraten. Und dann mit dem Schiff ans andere Ende der Welt. Was trieb sie an? Keine Ahnung. Schmecken Ihnen meine Plätzchen nicht?«

»Doch, doch«, sagte Morgan und steckte sich eins in den Mund. Sie schmeckten scheußlich.

»Was macht Simona jetzt so?«

»Bis vor Kurzem wohnte sie in einem Hotel in der…«

»Ja, das wundert mich nicht, bei Kappellekerk? Ja, ja. Da hat ihre Mutter auch mal gewohnt. Etwa ein halbes Jahr. Da waren sie gerade zurück aus dem Kongo. Sie wohnte da, als ich ihr in der Königlichen Bibliothek zum ersten Mal begegnete.«

»Haben Sie seitdem…?«

»Ach, ich könnte sie schon finden, mit ein paar Telefonaten, aber sie muss zu mir kommen, nicht umgekehrt, das hat keinen Sinn.«

»Und danach ist sie…?«

»Ganz genau. Sie sind zusammen zu mir gezogen. Aber Marianne wollte nicht, dass Simona mir lästig wird, deshalb musste das Mädchen ins Internat. Ich hab sie angefleht, Simona bei mir wohnen zu lassen, aber sie hat sich geweigert. Nur am Wochenende. Wenn Marianne auch da war, sind wir manchmal zwei Tage nicht aus dem Haus gegangen. Wir saßen hier zu dritt, wir schwätzten und kochten und lasen und hörten Musik. Ein sehr begabtes Mädchen, Simona. Und vollkommen aus dem Gleis geraten.«

»Interessant«, sagte Morgan.

»Interessant? Ich dachte, Sie können mir erzählen, wo Simona jetzt ist. Haben Sie sie in letzter Zeit getroffen?«

»Vor ein paar Wochen haben wir einander…«

»Und wie ging es ihr? Arbeitet sie zur Zeit? Spielt sie immer noch so gerne Schach?«

»Schach?«

»Ja. Also nicht. Damit konnten wir früher einen ganzen Sonntagnachmittag verbringen. Nein, alles ist schiefgelaufen bei ihr. Ich hab getan, was ich konnte, aber, ach…«

»Ist es lang her, dass…«

»Lang her? Fünf Jahre. Sie hat mir nicht einmal eine Einladung zur Beerdigung geschickt, als ihre Mutter vor ein, zwei Jahren gestorben ist. Ich verstehe nicht, warum sie mich vergessen will.«

»Marianne ist tot?«

»Tabletten«, antwortete Lilly.

»Und wissen Sie, wo sie begraben ist?«

»Hier, auf dem städtischen Friedhof. In Schaarbeek. Ein paar Wege entfernt von Andrés Grab.«

Eine Zeitlang sagte keiner etwas. Sie blätterte in dem Album und sah sich die Bilder an, die aus einer Zeit stammten, als die Farbfotos noch nicht so scharf waren.

»Spielen Sie Schach?«, fragte sie.

»Leider nicht. Vielleicht haben wir deshalb nie drüber gesprochen. Aber von Ihnen hat sie durchaus erzählt.«

»Was hat sie erzählt?«

»Daran erinnere ich mich nicht mehr genau. Dass sie Aspirin nehmen musste, wenn sie Angst hatte.«

»Ach, mein Kind. Natürlich hatte sie Angst. Nach allem, was sie erlebt hatte.«

»Waren Sie mal in ihrem Geburtsland?«

»Ich?«, fragte sie. »Ich bin nie weiter gekommen als bis zum Naamsepoort. Aber wenn man da rumläuft, hat man ja auch den Eindruck, dass es nicht mehr weit ist nach Afrika.«

Als sie sich verabschiedeten, sagte sie, Morgan solle nicht zögern, sie wieder zu besuchen.

»Und wenn Sie Simona sehen, sagen Sie ihr, dass ich sie erwarte.«

Wie sie da in der Wohnungstür stand und ihm nachblickte, wirkte sie wie ein gerahmtes Foto. Sie schien enttäuscht, aber ihm war nicht klar weshalb.

Am nächsten Tag fuhr er mit der Straßenbahn nach Schaarbeek, in Rogier stieg er um in die Bahn Richtung Da Vinci. Es war noch früh, aber er brauchte fast eine Stunde, weil unterwegs ein Auto auf den Straßenbahngleisen liegen geblieben war. Von Da Vinci musste er noch ein kleines Stück laufen, in der Avenue Vincent Van Gogh links, an der Avenue Constant Permeke vorbei. Wie früher trug er eine schwarze Jeans, dazu ein schwarzes Hemd, keinen der farbenfrohen Anzüge, die Simona ihm gekauft hatte, einfach schwarz, darüber einen Wollmantel.

Zehn Minuten später stand er an Angelas Grab.

Genau vier Jahre zuvor war sie an einer damals noch unbekannten grausamen Krankheit gestorben, die kein Mitleid hatte. Zuerst wussten sie nicht, was los war. Als der Arzt das Urteil gefällt hatte, waren sie sofort nach Hause gegangen, hatten sich geliebt und gesagt, es werde schon vorübergehen, alles würde gut werden – wie oft hörte man von medizinischen Irrtümern? Doch innerhalb weniger Wochen war aus der starken Frau, die jeder mochte, die Konzertsäle füllte und die unter Musikliebhabern als weiblicher Bob Dylan galt, ein ausgemergelter Körper geworden, der verzweifelt und flehentlich bat, allem ein Ende zu bereiten. Erst hatte sie noch lustlos auf dem Klavierhocker gesessen, außerstande, auch nur einen Ton anzuschlagen, dann bekam sie überall Bläschen und Flecken, schließlich konnte er nur noch zusehen, wie ein fremdartiger Schleier ihre Augen trübte, wie alle Kraft aus ihrer Stimme schwand, wie sie zitterte, wenn sie nur an ein Glas Wasser dachte. Er versorgte sie Tag und Nacht, gemeinsam mit einigen Freunden und Freundinnen, die ihn unterstützten, wenn er versuchte, ein paar Stunden zu schlafen. Machtlos und verzweifelt hatte er bis zur letzten Minute für sie gesorgt, ihre Schmerzen gelindert und zugesehen, wie ihre Krankheit sie immer weiter von ihm entfernte. Nach der Beerdigung hatte er beschlossen, nicht nach Paris zurückzukehren, sondern bei ihr zu bleiben.

Im Morgennebel schlug eine Kirchturmuhr die halbe Stunde. Er begann zu summen, sanfte, ruhige Musik, dieselbe Musik, die er früher auf dem Klavier spielte, während sie mit einem Glas Rotwein auf der Dachterrasse in Paris saß und die Passanten unten auf der Straße beobachtete. Es war früh, außer ihm waren keine Besucher auf dem Friedhof, die er mit seiner Musik oder den Tränen, die seine Wangen herabliefen, hätte stören können. Dann berichtete er ihr, was er in den letzten Wochen erlebt hatte, und lauschte andächtig, was sie dazu zu sagen hatte. Wie immer antwortete sie in wohldurchdachten Sätzen, dann und wann erlaubte sie sich einen Scherz. Er blieb eine Viertelstunde wie immer, nie länger, das war zu anstrengend für sie, eine Viertelstunde, dann wollte sie sich ausruhen. Nach einer Viertelstunde wischte er die Tränen weg, verabschiedete sich und versprach, bald wiederzukommen.

Auf dem Weg, der zum Friedhofstor führte, sah er einen Mann im grünen Overall, der Unkraut jätete, und statt auf gut Glück über den Friedhof zu irren, fragte Morgan den Mann, ob es möglich sei, ein Namensregister einzusehen.

»Es sterben zu viele Leute«, antwortete der Totengräber.

Seine Stimme hatte etwas von einem Cello, sie klang so dunkel, wie sein rotes Gesicht vermuten ließ, er stützte sich mit dem Unterarm auf eine Harke, mit der anderen holte er ein Taschentuch aus der Hosentasche und wischte sich den Schweiß von der Stirn. Er hatte ein trauriges Gesicht und einen schmächtigen, aber muskulösen Körper, einen Körper, mit dem man vielleicht überhaupt nur auf dem Friedhof arbeiten konnte. Es mochte am schwarzen Bart des Mannes liegen, jedenfalls misstraute Morgan ihm sofort. Was sollte seine Antwort bedeuten? Starben zu viele Menschen, um ein Register zu führen? Oder war es eine allgemeine Bemerkung, und er wollte Morgan einfach teilhaben lassen an seiner Lebenserfahrung?

»Wie hieß denn der oder die Tote?«, fragte der Totengräber.

»Marianne. Marianne Tremblay, wahrscheinlich«, antwortete Morgan. »Sie ist vor ein, zwei Jahren gestorben.«

»Vor ein, zwei Jahren ...«, wiederholte der Mann und dachte sichtlich angestrengt nach. »Das war ... warten Sie, das muss ... Marianne? Ja«, sagte er, mit einem Mal entschieden, »neunundzwanzig.«

»Neunundzwanzig?«

»Rasenfläche 29. Sie gehen zurück zum Eingang, dann rechts zu Adolphe Max, dann Weg 25, am Kreis in die Avenue Monumentale, unter den Blutbuchen längs, rechts die 55, die geht über in die ...«

Er wies mit seinem Zeigefinger in die Richtung, merkte dann aber, dass Morgan ihm nicht folgen konnte.

»Kommen Sie, ich muss eh dahin.«

Er kam zwischen den Gräbern hervor und legte seine Harke in eine Schubkarre, auf einen Haufen Unkraut. Morgan folgte dem Mann und hörte zu, ohne ihn zu unterbrechen oder irgendwelche Fragen zu stellen: »... Hier liegt Henri La Fontaine, der 1913 den Friedensnobelpreis bekommen hat ... Da lang, in der Mitte des Kreiswegs Adolphe Max, der Bürgermeister ... Da noch einer, Anspach ... Hier, Adrien de Gerlache, schon mal gehört? Wie's heißt, ist er vor hundert Jahren zum Südpol gereist ... Hier links liegen über tausend Deutsche, Erster Weltkrieg, da ungefähr fünfhundert Belgier aus beiden Weltkriegen und gegenüber ungefähr genauso viele Engländer ... Verwandtschaft von Frau Tremblay?«

»Ein Bekannter«, antwortete Morgan.

An einem von Pappeln gesäumten Rundweg ging er einen Moment langsamer, ehe er links abbog. Morgan schien es, als müsste der Friedhof, wie er an diesem Morgen dalag mit den monumentalen Grabmalen und dem leichten Nebel, ein perfektes Motiv für einen Landschaftsmaler abgeben. Ein zerbrechlich wirkendes Licht über den dunklen Grabsteinen.

»Sie ist nicht sehr beliebt«, sagte der Mann. »Der Einzige, der sie manchmal besucht, ist ein Herr, der immer in Eile ist, ich denke mal, ihr Sohn ... Dieses Mahnmal da ist für die Opfer des Flugzeugabsturzes '65, und die weiße Säule zwischen den Bäumen erinnert an die belgischen Piloten, die im Zweiten Weltkrieg gefallen sind ...«

»Ihr Sohn?«

»Na ja, ich weiß es nicht, ein Mann, ich habe nie mit ihm gesprochen. Manchmal sehe ich ihn von weitem. Er hat immer einen ordentlichen Anzug an, legt Blumen auf das Grab, dann ist er auch schon wieder weg. Er bleibt nie viel länger als zwei Minuten. Aber ich hab ihn schon eine ganze Weile nicht mehr gesehen.«

Der Mann blieb kurz stehen, setzte die Schubkarre ab und schob die Harke wieder in Position. Erst jetzt fiel Morgan auf, dass die Schuhe des Mannes voller Matsch waren. Vielleicht hatte er gerade ein Grab ausgehoben, bevor Morgan kam.

»Das ist der Lauf der Dinge. Die ersten Wochen kommt

schon noch mal jemand. Dann vergessen sie einen. Nach zehn Jahren wird man ausgegraben, und dann verschwindet man endgültig.«

Er nahm die Schubkarre und ging weiter.

»Sie hatte keinen Sohn, nur eine Tochter«, sagte Morgan.

»Es ist ein Mann. Ein-, zweimal im Jahr kommt tatsächlich auch eine ältere Frau, aber ihre Tochter kann das nicht sein. Eher schon ihre Mutter.«

Sie erreichten einen Weg mit Schwarzbirken. Auf Morgans Frage, ob er sich zufällig an das Begräbnis erinnere, erwiderte der Mann: »Irgendeine Vorstellung, wie viele Menschen hier pro Tag hinkommen?«

Sie erreichten eine entlegene Ecke des Friedhofs, die eindeutig jüngeren Datums war als der Teil beim Eingangstor, die Grabsteine waren hier bescheidener als die der Bürgermeister und der Kriegshelden, die Verstorbenen lagen etwas weniger eng beieinander, es war ein bisschen grüner. Morgan war noch nie hier gewesen.

»Da liegt sie«, sagte der Mann und wies auf einen schwarzen Grabstein, auf dem ein schöner Strauß Nelken lag, der höchstens ein, zwei Tage alt war. Ein einfaches Grab mit der Aufschrift »Marianne Tremblay«, unter dem Namen stand »12. Januar 1934 – 16. Mai 1986«. Sie war zweiundfünfzig Jahre alt geworden. An dem Nelkenstrauß hing kein Kärtchen. Morgan sah sich um, aber außer dem Totengräber war niemand zu sehen. Nein, kein Zweifel, das musste Simonas Mutter sein.

»Hat sie manchmal Besuch von einer jungen Frau, Anfang zwanzig?«

Der Mann schüttelte den Kopf.

»Anscheinend war heute oder gestern jemand hier«, beharrte Morgan.

Der Totengräber strich sich mit Zeige- und Mittelfinger durch den Bart, antwortete aber nicht. Morgan konnte ihn immer weniger ausstehen, es war, als wäre der Mann für irgendetwas verantwortlich, als wolle er ihm die Schuld an irgendetwas geben. Statt Morgans Beobachtung zu bestätigen, sagte der Totengräber: »Ich habe in der nächsten Parzelle zu tun. Geben Sie einfach Bescheid, wenn ich noch etwas für Sie tun kann.« Er nahm seine Schubkarre und machte sich davon.

Morgan wollte ihn zurückrufen und darauf hinweisen, dass rund um den Sockel von Mariannes Grab Unkraut wuchs, aber er hielt den Mund. Auf einmal fühlte er sich mutlos und einsam, er musste an seine Mutter denken. Auf ihrem Grab lagen gewiss keine Nelken, und statt eines glänzenden Grabsteins stand an ihrem Kopfende wahrscheinlich nichts als ein hölzernes Kreuz. Wenn es stimmte, dass fast das ganze Dorf vor dreißig Jahren von einer Epidemie ausgerottet worden war, dann war wohl auch von dem Kreuz nicht mehr viel übrig. Oder war die Epidemie nur eine Erfindung gewesen, um ihn in seiner kindlichen Sorge zu beruhigen? Es war genauso gut möglich, dass die Frau noch immer in irgendeinem Dorf in der Savanne herumlief, einen Wasserkrug auf dem Kopf, dass sie vor einem Feuer saß oder unter einem Mangobaum; vielleicht kümmerte sie sich um die Kinder der Kinder, die ihr nicht weggenommen worden waren. Hatte er Geschwister? Neffen und Nichten? Wenigstens Halbbrüder und Halbschwestern? Er glaubte nicht an die Geschichte von der Epidemie. Er wusste, nein, er war sich ganz sicher, dass seine Mutter oft an ihn gedacht hatte, seit sie ihn von ihr weggeholt hatten, vielleicht hatte sie versucht, sich vorzustellen, was aus ihm geworden war, während sie einem der jüngeren Kinder die Brust gab, und er fragte sich, ob sie stolz wäre, wenn sie wüsste, was aus ihm geworden war.

Manchmal, wenn er sich einen Augenblick lang nicht im Griff hatte, sah er in den Spiegel und versuchte sich vorzustellen, wie sie ausgesehen hatte. Welche Züge hatte er von ihr geerbt? Und ihr Charakter? Hatte er seine Liebe zur

Musik von ihr? Sang sie, während sie Maniok rieb? Summte sie nachts ein Kinderlied, wenn sie ihre Enkelinnen in den Schlaf wiegte? Manchmal, sehr selten, gelang es ihm, sie sich genau vorzustellen, dann sah er blitzartig eine große, schlanke Frau vor sich, das Haar kurz, schmale Hüften, ein strahlendes Gesicht mit einem unwirschen Blick, der Eigensinn und Trotz verriet, viel feinere Lippen als die übrigen Frauen im Dorf und der Hals einer Gazelle. In diesen Augenblicken kam es ihm vor, als könnte er sie spüren, doch jedes Mal, wenn er sie ansprechen wollte, verschwand sie unwiderruflich in einem leichten Dunst, ähnlich dem Nebel, der an diesem Morgen über dem Friedhof hing. Der Klang ihrer Stimme blieb ein Geheimnis.

Er sah Mariannes Grab an, sah die Nelken, die nahelegten, dass es noch mehr Menschen gab, die sie manchmal besuchten, und er verfluchte Simona. Ihretwegen kamen die Fragen, die jahrelang zwischen anderen Gedanken geschlummert hatten, wieder an die Oberfläche, unaufhaltsam, Grübeleien, die ihm sinnlos schienen, die ihn nur traurig machten, Erinnerungen, die er nicht einmal mit Angela geteilt hatte.

Irgendwo hörte er das Pochen eines Spechts, gefolgt von einer Kirchturmglocke, die einsetzte, dieselbe Glocke, die schon vor einer halben Stunde die Zeit angezeigt hatte. Er drehte sich um und ging denselben Weg zurück, den er mit dem Gärtner gekommen war.

Er war so in Gedanken versunken, dass er erschrak, als jemand ihm zurief: »Haben Sie ihr Grab gefunden?«

Er stand unter den Blutbuchen in der Avenue Monumentale. Als er sich umdrehte, erkannte er Lilly. Sie trug einen langen grauen Mantel, schwarze Lederhandschuhe und hochhackige Schuhe. Ihre Ohrringe schienen aus massivem Gold zu sein, sie unterstrichen ihr Make-up.

»André liegt hier«, sagte sie.

Sie stand an einem Grabmal aus Granit, das einem gewissen André de Hemptinne gehörte, der zwanzig Jahre zuvor im Alter von achtundneunzig Jahren als Kommandant und Träger des Leopoldsordens verschieden war – gewiss der Grund, warum oberhalb des Grabsteins Engel die belgische Trikolore wehen ließen.

»Nicht mehr lang, dann liege ich auch hier.«

Sie klang weniger gereizt als am Tag zuvor. Sie hatte sich wieder umgewendet, sah zum Grab ihres Mannes, zog die Handschuhe aus und bekreuzigte sich. Dann nahm sie die Blumen, die am Boden lagen, und kam zu ihm.

»Ich wollte Marianne heute auch einen Besuch abstatten. Ich habe Blumen für sie«, sagte sie und zeigte den Strauß.

»Sie hatte gestern oder heute schon Besuch von jemandem«, entgegnete er. »Da liegt ein …«

»Ein Strauß Nelken? Ja, niemand weiß genau, von wem die sind.«

»Sie ist nur zweiundfünfzig geworden.«

»Was erwarten Sie? Wenn das Leben unerträglich ist, endet es immer früh. Na los, leisten Sie mir Gesellschaft, Sie haben doch eh nichts Besseres zu tun.«

Er hatte keine Lust, mit ihr zu gehen, er fühlte sich schwach, wollte weg, nach Hause, noch weiter weg vielleicht, aber sie nahm seinen Arm, und sie spazierten langsam zurück zu Mariannes Grab. Hinter dem Nebel erschien eine verschwommene Sonne, eine fahle graue Kugel. Unterwegs erzählte Lilly, dass sie Marianne nur ein-, zweimal im Jahr besuche, obwohl André ganz in der Nähe liege, und dass sie danach jedes Mal ein paar Tage krank im Bett liege, außerdem sprach sie über ihren Mann, der nach einer Laufbahn beim Militär für die Liberalen im Gemeinderat gesessen hatte.

Plötzlich fragte sie: »Vermissen Sie Simona?«

Das war eine Frage, die er sich nicht gestellt hatte in den vergangenen Wochen, eine Frage, die er sich seit Angelas Tod überhaupt nicht mehr stellte, wenn es um jemand anderen ging, und er mochte auch jetzt keine Antwort geben. Den Schal, den er trug, hatte sie ihm am letzten Tag geschenkt, bevor sie nach Zürich fuhr.

»Sie ist etwas Besonderes«, sagte er.

Statt darauf einzugehen oder weiter in ihn zu dringen, zwickte sie ihn sanft in den Arm, um ihm zu signalisieren, dass sie Simona genauso sehr, vielleicht sogar mehr noch als er vermisste.

»Hier. Tragen Sie die Blumen.«

An Mariannes Grab nahm sie ihm die Blumen wieder ab und legte sie in einer beinahe eleganten Verbeugung neben die Nelken, Morgan hörte, dass sie dabei etwas Unverständliches murmelte, vielleicht war es ein Gebet oder eine schlichte Begrüßung.

»Am Sonntag bin ich mit Simona oft ans Meer gefahren, wenn ihre Mutter in Lüttich blieb, weil sie angeblich arbeiten musste. Wir haben dann ein Taxi genommen, manchmal aßen wir auf dem Deich eine Waffel. Wir haben sogar mal eine Woche lang eine Wohnung mit Meerblick gemietet. Sie gehörte damals zu mir. Die Leute dachten, sie wäre meine Tochter, und sie hat ihnen nie widersprochen.«

»Hat sie jemals über ihre Kindheit geredet?«

»Welche Kindheit? Wenn sie davon anfing, hab ich ihr den Mund verboten. Sie durfte nicht mehr daran denken. Alles, was sie da gesehen hatte, musste sie vergessen. Das hab ich ihr immer wieder eingeschärft, über hundert Mal.«

»Ein paar Tage nachdem wir uns kennengelernt haben, hat sie mich gebeten, abends um fünf rum mit ihr auf den Zug aus Lüttich zu warten«, sagte er.

»Und sie hatte einen roten Koffer dabei?«

»Ja.«

»So einen mit Schnallen und einem Zahlenschloss?«

»Ja.«

»An den Kanten abgenutzt?«

»Ja.«

»Der gehörte Marianne. Sie kannte jeden in diesem Zug. Hat Simona ihre Augen hinter einer dunklen Brille versteckt? Und einen langen Mantel getragen?«

»Sie hat mich gebeten, auf sie aufzupassen. Sie hatte Angst.«

»Sie hatte Angst vorm Alleinsein.«

»Denken Sie, dass …«

»Ein Kind braucht eine Mutter.«

»Simona trägt den Namen ihrer Mutter.«

»Ja.«

Sie stand noch einige Minuten da und sah auf das Grab, und ohne dass sie etwas sagte, wusste er, dass sie an Marianne dachte und auch an Simona. Dann drehte sie sich um und nahm wieder seinen Arm.

Sie gingen zurück zum Ausgang. In der Nähe des Adolphe-Max-Denkmals sagte sie, ihr sei nicht gut.

»So geht's mir immer, wenn ich Marianne besucht habe. Es dauert ein, zwei Tage, nie länger.«

Als sie den Friedhof verließen, holte sie ein Schlüsselbund aus ihrer Manteltasche und gab es ihm, ohne überhaupt zu fragen, ob er Auto fuhr, sie wies nur auf einen schwarzen Mercedes, ein Modell aus den siebziger Jahren mit verchromten Stoßstangen und Felgen, der frühere Dienstwagen ihres Mannes, wie sie sagte. Sie nahm auf der Rückbank Platz und dirigierte ihn auf dem kürzesten Weg zu ihrer Wohnung, wobei sie ihn zweimal beinahe in verkehrter Richtung in eine Einbahnstraße geschickt hätte. Er hatte fast zehn Jahre nicht am Steuer gesessen, und als er den Wagen in der Gegend der Reyerslaan abwürgte, sagte sie nur, er solle besser die Nebelscheinwerfer anschalten. Der chaotische Berufsverkehr war durch, die meisten Fahrer verhielten sich höflich, als wäre ihnen schon klar, mit wem sie's zu tun hatten, nur einer hupte ohne ersichtlichen Grund wild.

Wegen Straßenbauarbeiten mussten sie einen Umweg nehmen, und zum ersten Mal seit zwanzig Jahren kam er an dem Theater vorbei, auf dessen Brettern seine Adoptivmutter ein paar Jahre gestanden hatte. In den letzten Jahren, die er bei ihnen lebte, als sein Adoptivvater als Dozent an der Militärakademie arbeitete, wurde sie Mitglied des hiesigen Ensembles. Morgan hatte eine ihrer Vorstellungen besucht, ein russisches Kriegsdrama mit vielen Soldatenliedern und einer unerwiderten Liebe. Am Ende wurde sie während eines feindlichen Bombenangriffs vom Hauptdarsteller niedergestochen.

Als er an diesem Morgen vorbeifuhr, mit Lilly auf der Rückbank, stellte er fest, dass dort immer noch ein Theater untergebracht war. Sie erreichten das Haus ohne Unfall.

»Ist es gut, wenn ich den Wagen hier parke?«

»Begleiten Sie mich bitte noch hoch? Mir ist nicht gut.«

Vom Breitschnauzer und der Matrone keine Spur. Er folgte Lilly, die sich mühsam die Treppe hinaufschleppte, mit zitternder Hand den Schlüssel ins Schloss steckte und die Wohnung betrat. Sie zog die Tür zu und bat ihn, im Wohnzimmer Platz zu nehmen und kurz zu warten. Anders als beim letzten Mal bemerkte er den Geruch von Bohnerwachs und die frischen Rosen auf dem Tisch. Während er in der Ferne Wasserplätschern und knarrende Türen hörte, studierte er andächtig die Gemälde an der Wand und versuchte sich vorzustellen, wie der Mann, der da auf ihn herabblickte, als junger Mann ausgesehen haben mochte, ohne Falten und ohne den sorgenvollen Blick, dann wieder als älterer Herr mit zwei Furchen, die sich von den Nasenflügeln herab zu den Mundwinkeln zogen. Das Bild allein genügte nicht, der Eindruck wechselte von Gemälde zu Gemälde, als nähme der Mann mit jedem Bild eine neue Persönlichkeit an.

In dem Moment hörte er, wie eine Tür zufiel, dann das Klappern von Geschirr. Er ging dem Geräusch nach und sah, dass sie Wasser aufgesetzt hatte. Sie trug Nachthemd und Morgenmantel. Ohne Lippenstift, Eyeliner und Schminke erkannte er sie kaum. Sie war bleich wie ein Ikonenengel.

Das Wasser kochte, und sie sagte: »Nehmen Sie doch bitte den Wasserkessel und das Tablett hier und bringen Sie alles in mein Zimmer.«

Sie verschwand durch eine Nebentür, er nahm das Tablett mit einer Teekanne, einer Tasse, einem Teelöffel und einem Schälchen mit drei Würfeln Zucker und folgte ihr durch das Wohnzimmer und einen langen Flur mit Möbeln aus dem siebzehnten Jahrhundert, Wandschränken mit Büchern und einigen ausgestopften Vögeln und Hirschgeweihen, vorbei am Badezimmer und drei geschlossenen Türen. Im Flur und im Schlafzimmer hingen weitere Portraits an der Wand, alles Bilder desselben Mannes wie im Wohnzimmer, teils in Zivil, teils in Uniform. Sie hatte die Rollläden heruntergelassen. Auf einer Holztruhe mit eingelegtem Perlmutt, die als Nachttisch diente, brannte ein schwaches Licht, gerade hell genug, um das Bett zu finden und dabei nicht über den Teppich zu stolpern. Sie zog den Morgenmantel aus, hängte ihn an einen Haken, an dem bereits ein Frisiermantel hing, setzte sich aufs Bett, den Rücken am Kopfende, und deckte sich zu. Er stellte das Tablett neben einem Krug aus Steingut auf der Truhe ab.

»Schenken Sie mir bitte eine Tasse Tee ein?«

Er tat, worum sie ihn gebeten hatte.

»Einen halben Würfel Zucker.«

Er rührte ein paar Mal um und reichte ihr die Tasse. Als sie den ersten Schluck genommen hatte, sagte sie: »Lindenblütentee. André trank beinahe hundert Jahre lang jeden Morgen Lindenblütentee.« Und sie fügte hinzu: »Holen Sie Aspirin aus der Schublade da. Ich habe dröhnende Kopfschmerzen. Immer wenn ich sie besucht habe, ist es, als hätte sie sich in meinen Gedanken festgeklammert.«

Als sie das Aspirin genommen und etwas Tee getrunken hatte, reichte sie ihm die Tasse zurück und schloss die Augen. Kurze Zeit später schlief sie bereits. Er war unschlüssig, blieb aber. Dann und wann rief sie ihn zu sich, weil sie Durst hatte oder Fieber und weil sie Geräusche hörte, die aus einer Tapete drangen, ein Gewirr aus Stimmen, Geigen, Straßenbahngleisen, die verbogen wurden, Glas, das in einen Betonmischer gekippt wurde, jedes Mal dasselbe, wenn sie Marianne besucht hatte. Es wurde Abend, er schlug vor, etwas zu essen vorzubereiten, aber sie sagte, sie habe keinen Hunger, ein Butterbrot mit etwas Schmand, dazu ein Glas Rhabarberlikör, mehr brauche sie nicht. Als sie ihre Einsiedlermahlzeit beendet hatte, fiel sie beinahe umgehend wieder in unruhigen Schlaf, ihre Augenlider tanzten, ihre Finger krümmten sich, sie grummelte und ächzte, als suchte sie in ihrem Inneren Rat bei einem Orakel. Erst gegen zwei Uhr nachts schien sie tief zu schlafen. Eher zufällig entdeckte er im Badezimmer ein frisches Laken, er zog sich aus, hängte seine Sachen ordentlich über die Rückenlehne eines Stuhls und legte sich auf das Sofa. Einige Augenblicke später hörte auch er schattenhafte Gestalten aus der Tapete kommen und lief vom nebligen Friedhof wieder einmal in ein Dorf in der mondlosen Savanne.

Es war noch dunkel, kurz nach sechs vielleicht, als sie ihn mit ihrem Rufen weckte, ihre Stimme war quengelig, sie strengte sich an, ihn zu erreichen, und er brauchte einen Moment, bis ihm klar war, dass sie es war, die ihn rief, nicht die Frau, die auf einem Esel durch das Buschdorf ritt, um zum Markt zu kommen. Er setzte sich auf und stellte fest, dass seine Kleidung fort war, genau wie der Stuhl, über den er sie gehängt hatte. Der stand wieder bei seinen fünf Artgenossen am Tisch.

»Ihre Sachen sind in der Waschmaschine. Im Badezimmer«, hörte er sie aus dem Schlafzimmer rufen.

»Sie haben geschlafen«, sagte sie. »Ich habe Sie heute Nacht gerufen, aber Sie haben geschlafen. Ihre Kleidung war schmutzig. Mindestens einen Monat nicht gewaschen. Ach, sagen Sie lieber nichts, ich war lange genug verheiratet.«

Er stand an ihrem Bett, sie hatte offensichtlich die ganze Nacht die Nachttischlampe angelassen, sie lag auf der Seite. Todmüde war er, die Sprungfedern des Sofas hatten sich in seinen Rücken gekerbt, und von der Heizungsluft im Wohnzimmer war ihm schwindlig, der hartnäckige Geruch des englischen Tabaks kam noch dazu.

»Zwei Tage. Nach Marianne bin ich immer ein, zwei Tage krank.«

Sie merkte wohl, dass er nicht gleich wusste, was er darauf antworten sollte, deshalb sagte sie: »Starren Sie keine Löcher in die Luft, machen Sie mir lieber eine Tasse Tee.«

Ohne etwas zu entgegnen, ging er zurück in die Küche, setzte den Wasserkessel auf und bemerkte, dass das Tablett noch immer auf ihrem Nachttisch stand.

»Und ziehen Sie die Rollläden hoch«, sagte sie, als er wieder ins Schlafzimmer kam, »meine Augen tun schon weh von der Dunkelheit.«

Im Licht der Straßenbeleuchtung und dem ersten Tageslicht, das sich hineinmischte, sah er nun deutlich die Portraits des Mannes an der Wand, der in gelassener Würde in grauem Anzug oder Uniform, meist vollbärtig, nur einmal mit Schnauzbart, die Welt besah, im vollen Bewusstsein seiner natürlichen Autorität. In einer Ecke des Zimmers gab es eine Lattentür, die etwas aufstand; weiße Fliesen zeigten, dass dort ein weiteres Badezimmer war.

»Er stand gern Modell«, sagte sie, als sie bemerkte, dass er die Gemälde betrachtete. »Ein prächtiger Mann, sein ganzes Leben lang hat er mir versichert, dass er mich mehr liebte als seine Mätressen. Bei seiner Beerdigung waren es sieben an der Zahl.«

Der Teppich war orientalisch gemustert und fühlte sich an wie frisch gefallener Schnee. Nur die Bettdecke brachte etwas Farbe in das Zimmer. Aus der Küche hörte er ein Pfeifen, er nahm das Tablett und fragte sich, ob sie Zeichen von Verwirrtheit zeigte, doch als sie kurz darauf den ersten Schluck Tee genommen hatte, sagte sie: »Gegen elf kommt der Arzt mit den Ergebnissen der letzten Untersuchung. Ein, zwei Monate noch, es ist nicht mehr wichtig, ich kann zufrieden zurückblicken auf mein Leben. Heute Nacht habe ich wieder Mut gefasst. Vielleicht werde ich Simona noch einmal wiedersehen. Gestern habe ich Marianne wahrscheinlich zum letzten Mal besucht. Ich verkrafte es nicht mehr. Mein Körper macht das nicht mehr mit.« Sie nahm noch einen Schluck Tee und setzte hinzu: »Die Nelken sind von jemand anderem, nicht von Simona. Sie würde niemals Nelken auf das Grab ihrer Mutter legen.«

Die Letzte, die Morgan gepflegt hatte, war Angela gewesen: mehr Knochen als Haut, überall Flecken, von ihren wilden blonden Haaren, auf die sie ihr ganzes Leben lang so stolz gewesen war, waren am Ende nur noch ein paar Büschel übrig. Bei Lilly dachte er: Solang sie sich selbst waschen und anziehen kann ... Und vielleicht gelangte die Nachricht tatsächlich zu Simona. Er zog einen Stuhl heran, aber sie hielt ihn zurück.

»Warten Sie im Wohnzimmer auf mich. Stecken Sie erst mal Ihre Kleidung in den Trockner. Er steht auf der Waschmaschine.«

Eine halbe Stunde später saß sie in einem schlichten grauen Kleid am Tisch, ihr blasser Teint war unter einer dicken Schicht Make-up verborgen, der Geruch von Rosenwasser umgab sie. Noch immer in das weiße Laken gewickelt, sah er zu, wie sie vorsichtig ein Butterbrot mit Käse aß, anmutig, als wäre sie niemals etwas anderes gewesen als die

Gattin eines Politikers. Er saß am Kopfende, die Hände auf dem Tisch verschränkt. Wie sie da saß, wirkte es, als sei sie enttäuscht, als hätte sie eine Gelegenheit verpasst und machte sich deshalb Vorwürfe. Vielleicht war seine Mutter so alt wie Lilly, vielleicht zehn Jahre jünger, aber in diesem Alter machte das kaum noch einen Unterschied. Er hatte sie in dieser Nacht wieder gesehen, und es schien ihm, als sähen die beiden Frauen einander ähnlich, was mit dem Alter zusammenhängen mochte. Sie hatte unter einer Akazie Schutz vor der Sonne gesucht und gelacht, als er sie berührte, aber als er sie ansprechen wollte, war sie plötzlich verschwunden. Zum ersten Mal seit siebzehn Jahren sprach er an diesem Morgen, an diesem Tisch über seine Mutter und über die andere Frau, die seine Adoptivmutter gewesen war, doch die Geschichte war derart verworren, dass er streckenweise selbst den roten Faden verlor.

6

Als Lilly ihm vorschlug, ihr gegen einen bescheidenen Lohn als Fahrer zu dienen, zögerte er nicht lange. Er wollte Klavier spielen, auftreten und Leute unterhalten, aber da das Spoetnik geschlossen war und sich sonst niemand für ihn zu interessieren schien, während Herr Vermeersch eine hübsche Summe als Miete erwartete, durfte er wohl nicht gar zu wählerisch sein. Und vielleicht würde Simona ja doch eines Tages auftauchen, um Lilly zu besuchen.

Er nahm also an, und in den folgenden Tagen brachte er Lilly in alle Ecken des Landes, sie besuchte Leute, die von Bodyguards umzingelt waren, sie nannte Minister beim Vornamen und traf Künstler, deren Werke in den größten Museen der Welt hingen. Eines Tages sagte sie, sie habe einen wichtigen Termin, und dirigierte ihn in Richtung der Rooseveltlaan, der Allee mit Pavillons aus der Zeit der Weltausstellung von 1910, wo sich seitdem nach und nach die Botschaften sämtlicher bedeutenden afrikanischen und asiatischen Länder niedergelassen hatten. Immer wenn er – meist zufällig – durch diese Gegend fuhr oder lief, stieg in ihm die Musik von Fats Waller, Duke Ellington und Cole Porter auf.

Lilly beachtete die Träumereien, die ihn überkamen, nicht im Geringsten, ebenso wenig wie den Verkehr oder die Überreste der Weltausstellung, sie blickte stumm vor sich hin, wenn sie den Mund öffnete, dann nur, um »An der Ampel links« oder »Die nächste rechts« zu sagen. Alleen mit Villen, durch Ziersträucher vor unerwünschten Blicken verborgen, Sportwagen, hier und da ein Pferd, bevorzugt weiß oder schwarz, eine Gegend, in der jeder, der zufällig vorbeikam, sofort verdächtig schien. In der Nähe eines Walds hieß sie ihn durch ein gewaltiges Eingangstor fahren. Die Autos, die in der Einfahrt geparkt waren, ließen vermuten, dass gerade eine wichtige Versammlung abgehalten wurde.

»Warten Sie bitte kurz hier.«

Sie stieg aus, ging die monumentale Treppe hinauf und verschwand durch die weit geöffnete zweiflügelige Eingangstür. Er sah noch, wie ein Diener ihr den Mantel abnahm. Um ihn herum ein wildes Blumenmeer, eine Wand mit Blauregen, eine Trauerweide, ein japanischer Kirschbaum, der noch nicht in Blüte stand, hinter ihm hielt ein grauer BMW; ein Mann in beigem Anzug stieg aus und eilte über den Kiesweg zum Landgut, gefolgt von drei Männern mit Ordnern und schweren Aktentaschen unter den Armen, die plötzlich hinter dem Haus zum Vorschein gekommen waren, woraus Morgan schlussfolgerte, dass es auch auf der Waldseite einen Zugang zum Anwesen geben musste.

Den ganzen Nachmittag über saß er im Wagen und wartete, einmal stieg er aus, um sich die Beine zu vertreten, plauderte kurz mit einem der beiden Chauffeure, die ebenfalls dort warteten, und erfuhr so, dass Lillys letzter Fahrer nach nur drei Wochen gegangen war und sie selbst eine Gefahr für den Straßenverkehr darstellte. Durch die Autofenster hatte es ausgesehen, als wäre es ein schöner Tag, doch der feuchtkalte Wind machte es unmöglich, länger ziellos umherzuschlendern oder zu plaudern, Morgan verabschiedete sich schleunigst wieder. Außer den Männern – sämtlich Männern –, die in das Haus gegangen waren, und den beiden Fahrern war niemand auszumachen. Gegen Mitternacht schlief er hinter dem Steuer ein. Erst als sie mit einem Knall die hintere Tür zuzog, schreckte er auf.

»Aufwachen«, sagte Lilly. »Die Versammlung hat sich in die Länge gezogen. Ich sehe, Sie haben schon etwas Schlaf bekommen.«

Sie sagte es, ohne ihre Stimme zu heben, ohne jede Begeisterung, aber in ihren Mundwinkeln zeichnete sich ein Grinsen ab, als bereitete es ihr Freude, ihn mitten in der Nacht zu wecken. Er gähnte und setzte sich auf, der Himmel hinter dem Gut färbte sich bereits dunkelblau. Im Rückspiegel: ihr frisches Gesicht, kein Zeichen von Müdigkeit, ein Grinsen nach dem düsteren Ernst, sie sah aus wie jemand, der die ganze Nacht Argumente angehört hat, um endlich ohne weitere Umschweife die nötigen Entscheidungen zu treffen. Vor ihnen und hinter ihnen nahmen andere Teilnehmer der Versammlung hinter dem Steuer Platz, dann setzten sich die Wagen beinahe als Kolonne in Bewegung, in Richtung des Rings und der übrigen Einfallstraßen der Stadt.

Einmal in der Woche besuchte sie der Arzt. Morgan sah ihn nie, er hörte nur durch die Wände die Stimme, die nach einem lebhaften jungen Mann klang, vermutlich mit rosigem Gesicht, einem Philanthropen, der sich spezialisiert hatte auf Landstreicher, einsame Senioren und sozial Benachteiligte, jemandem, der fröhlich pfeifend dem Tod ein Schnippchen schlug und hinterher zufrieden fünfhundert Franc in Rechnung stellte. Wenn die Tür hörbar ins Schloss gefallen und der Mann fort war, saß Morgan noch ein paar Minuten im sogenannten Lesezimmer, dann ging er ruhig in die Küche und setzte einen Tee auf.

Jeden zweiten Tag fuhr er sie zu einem nahe gelegenen Supermarkt, wo sie sich jedes Mal für einen Bürgerkrieg oder eine Atomkatastrophe eindeckte, ein Einkaufswagen schien nie genug, an alles dachte sie, manchmal musste er viermal die Treppe rauf, um Papiertüten voller Lebensmittel, Drogerieartikel, Waschmittel, Milchflaschen, Wasser, Obstsaft in den sechsten Stock zu schleppen. Der fröhliche Breitschnauzer erschien wie aus dem Nichts im Flur und sprach ihm stets gut zu, dachte aber nicht daran, ihm zu helfen. Einmal fragte er mit Engelsstimme: »Wie war noch gleich Ihr Name? Dann könnte ich das Klingelschild von Madame Lilly ändern.« Und aus der Küche ertönte sogleich: »Bitte ihn, es aufzuschreiben, Jan, damit wir nichts falsch machen.« Morgan antwortete, das sei im Moment nicht nötig.

Abends aßen sie meistens gemeinsam, dann hörten sie Radio, oder er erzählte über seine Unternehmungen mit Simona, die Modeläden, den Friseur, die Fahrten ans Meer, die Vier-Sterne-Restaurants. Oder Lilly erzählte von André, der ein prächtiger Mann gewesen sei, oder sie saß im Schaukelstuhl beim Fernseher und blätterte verträumt im Katalog einer Kunstauktion, das war ihr einzig sinnvoller Zeitvertreib, auch wenn sie nach eigener Aussage nur noch selten etwas kaufte.

»Da sehe ich mal wieder Andrés alte Freunde«, erklärte sie.

Einmal fragte er etwas Beiläufiges über Simona, und sie kam direkt auf den Kanarienvogel zu sprechen. Anders als sie zuvor behauptet hatte, schien sie doch mehr von ihm zu wissen als seinen Spitznamen.

Eines Tages war der Kanarienvogel heimgekehrt, um seinen kranken Vater ein letztes Mal zu sehen, am selben Tag, als Marianne den Launen ihrer Mutter entflohen war. Als er sie in ein obskures Brüssler Café einlud, um zu den Tönen von Doris Days »Secret Love« zu tanzen, mochte sie es ihm nicht abschlagen. Drei Tänze, und sie war verliebt, zwei Monate später heirateten sie, und am 11. August desselben Jahres lag sie in einer Kajüte auf dem Unterdeck der *Baudouinville 2* und fragte sich, wie ihr eigentlich geschehen war. Die Reise von Antwerpen nach Matadi dauerte plangemäß sechzehn Tage, hinterher erklärte sie mit furchteinflößender Bestimmtheit, sie sei keinen Augenblick seekrank gewesen, nur in der ersten Nacht habe sie wach gelegen und gegrübelt, ob sie vielleicht verrückt geworden sei.

»Mit einem Fingerschnippen kann er Blei in Gold verwandeln«, schrieb sie im ersten und letzten Brief an ihre Mutter, die in diesem Augenblick die Kühe molk, »und das Gegenteil scheint ihm noch weniger Mühe zu bereiten.« Ihre Mutter antwortete: »Glückwunsch und viel Erfolg damit. Bevor ich es vergesse: Dein Vater hat Dich enterbt.«

Eine Familiengeschichte. Sie folgte dem Duft der Bougainvilleen, der Legende von einem Fluss, den man nur überqueren konnte, indem man über die Rücken der treibenden Nilpferde lief, den Verheißungen eines Graslandes, auf dem mehr Springböcke wimmelten als Kauflustige in der Nieuwstraat am Samstagmittag, vor allem aber dem endlosen Reichtum. Diamanten in Größen, von denen ein Normalsterblicher nicht einmal zu träumen vermochte, in Farben, für die ein Maler seine Hand geopfert hätte. Ach, beide Hände. Wenn man zwischen Kühen und Elefanten zu wählen hatte, dann fiel das nicht schwer, oder? Sie war gerade zwanzig und hatte keine Lust, mit einer Herde Milchvieh von Weide zu Weide zu zuckeln. Dazu kam, dass er herrliche Augen hatte, hellgrüne Augen, die Farbe von Alpengras, von Minzsirup in Wasser.

Grenzen gab es damals nicht in Zaire, schon gar nicht in seinem Kopf. Höchstens zwanzig Jahre würde es dauern, sämtliche Bahnstrecken zu elektrifizieren und die Spurweite für alle Züge auf 1,067 Meter zu vereinheitlichen. Neben der Arbeit war alles erlaubt, solange es nur spannend und einträglich war. Die Erträge wurden größtenteils auf eine Schweizer Bank geschleust, vom Rest kaufte er ein Stück Land, das etwa so groß war wie eine durchschnittliche belgische Provinz. Als der Kongo unabhängig wurde, kehrten sie nach Belgien zurück, aber nur sehr kurz. Das hiesige Klima. Nicht auszuhalten.

Als Simona, allen damals gebräuchlichen Vorsichtsmaßnahmen zum Trotz, geboren wurde, war von den sechsundzwanzig Jahren, die die Ehe hielt, etwa die Hälfte verstrichen. Simona war zwölf, als ihre Mutter schließlich fand, jetzt sei's genug, und ihr abenteuerliches Dasein gegen die Langeweile eines bürgerlichen Lebens in Brüssel tauschte. Es war sogar derart langweilig, dass sie nach sechs Jahren in eine Apotheke ging und einen Haufen Pillen kaufte, der gereicht hätte, ein Nilpferd umzulegen. Es war dann Simona, die sie eines Morgens in ihrer kleinen Wohnung im Stadtzentrum fand, sie lag auf dem Bett, purpurn und mumifiziert von der Salzlösung, die sie geschluckt hatte. Niemand weiß, wie die Nachricht vom Tod seiner Exfrau zum Kanarienvogel gelangte und wo er so schnell herkam, auf jeden Fall saß er am Morgen der Beerdigung in seinem farbenfrohesten Anzug hinten in der Kirche und heulte während der gesamten Feierlichkeit, als trage der Kanoniker, der die Zeremonie leitete, seine Diamanten zu Grabe. Nach dem Begräbnis gab er Simona einen Scheck, auf dem mehr Nullen standen, als Mineralien im Boden von Zaire verborgen waren. »Dann verschwand er wieder, genauso plötzlich, wie er an diesem Morgen aufgetaucht war«, schloss Lilly.

Eines Morgens wartete Lilly auf den Arzt, der die Ergebnisse der Untersuchungen bringen sollte, sie war dann immer nervös, als hoffte sie, der Arzt würde ihr eröffnen, dass sie wieder zwanzig Jahre alt sei. Morgan hatte keine Lust, wie üblich im Lesezimmer zu warten, bis der Besuch durch war. »Ich bin in einer halben Stunde zurück«, rief er. Sie saß im Schaukelstuhl und blätterte in der Zeitung. »Nehmen Sie den Wagen«, antwortete sie. Er wollte spazieren gehen, redete sich ein, dass er einfach ein bisschen ziellos durchs Viertel schlendern würde, ohne bestimmte Absicht, ein bisschen frische Luft schnappen, die herrlichen eklektizistischen Gebäude in der Gegend ansehen, bis der Arzt ihr eine neue Dosis Pillen verschrieben hatte und sie wieder loskonnten.

Bei der Kirche der Heiligen Dreifaltigkeit spielte eine Combo eine typische Zigeunermusik, die reichlich schief von einem sorglosen Leben erzählte. Er ging die Rue du Bailli entlang, überquerte die Louizalaan, nahm dann an der Gabelung die Rue Paul Spaak, dann gleich wieder links. Plötzlich stand er vor einem Theater, in dem er einen Auftritt seiner Adoptivmutter gesehen hatte. Er hatte an dem Abend direkt gegenüber der Bühne gesessen, auf einem der besten Plätze im Theater, er konnte die ganze Szene sehen und hören, und je länger die Vorstellung dauerte, desto klarer wurde ihm, dass seine Adoptivmutter tatsächlich ihr ganzes Leben lang eine Schauspielerin gewesen war, dass sie sich auf einer Bühne bewegte, dass sie die Kleider einer Figur trug, die sich jemand anderes ausgedacht hatte. Es gab einen Moment, kurz vor der Pause, da wurde ihm klar, dass er sie nicht mehr erkannte, sie war zur Figur geworden, und kurz bevor der Vorhang fiel, starb sie wirklich den Tod einer Kriegsheldin.

Hinterher sagte sie, dass sie ihre Rolle noch nie so intensiv erfahren hatte, dass es ihr wegen seiner Anwesenheit zum ersten Mal in ihrem Leben gelungen sei, jemand anderes zu sein als die, die sie immer gewesen war. Gemeinsam mit seinem Adoptivvater stand sie in der Künstlergarderobe, sie wirkte ausgelassen, umarmte ihn, überhäufte ihn vor all den anderen Schauspielern mit Küssen, scherzte und flüsterte ihm ins Ohr, wie stolz sie auf ihn sei. Er war wohl sechzehn, der süße Geruch der Theaterschminke machte ihn krank, die weißen Hände, die seinen Körper überall berührten, der Klang von Worten, die er zwar verstand, die ihm aber nichts bedeuteten. Eine Flasche Champagner wurde geöffnet, alle stießen auf den Erfolg der Vorstellung an – die am nächsten Tag in der Zeitung vier Sterne bekam –, einer der Schauspieler holte ein Akkordeon hervor, und sie fingen an, ein Lied aus dem Stück zu singen, ein Lied über die Schlacht bei Stalingrad und die Bedeutung des Patriotismus.

Er verstand nichts davon. Was tat er da? Was wollten sie von ihm? Ein Stück über eine Frau, die an der Ostfront erstochen wurde von einem Mann, der behauptete, sie zu lieben – was, in Gottes Namen, hatte das mit ihm zu tun? Einer der Schauspieler rief, seine Adoptivmutter sei eine außergewöhnliche Frau, ihr allein habe man den Erfolg des Stückes zu verdanken, sie habe mehr Talent als alle Hollywood-Schauspieler zusammen.

Morgan überquerte die Straße und klingelte. Eine junge Frau öffnete ihm. Er entschuldigte sich und sagte, er habe vor ein paar Wochen bei einer Vorführung seinen Regenschirm vergessen.

»Wann? Bei *Pygmalion?*«

In ihrer Stimme lag Verwunderung, es schien ihr schwerzufallen, sich vorzustellen, dass jemand bei einer Vorführung von *Pygmalion* seinen Regenschirm vergaß. Sie war etwa in Simonas Alter und hatte rostrote Locken.

»Ja, genau.«

»Kommen Sie mit. Wir proben gerade für das neue Stück. Ich schaue schnell bei den Fundsachen.«

Er folgte ihr nach drinnen.

»Hat Ihnen das Stück gefallen?«

Sie sprach undeutlich, außerdem machte jemand ganz in der Nähe ziemlichen Lärm mit einer Bohrmaschine.

»*Pygmalion*? Auf jeden Fall. Herrlich. Modern.«

Während er hinter ihr herging, versuchte er, sich bildlich an die Vorstellung zu erinnern, die er vor zwanzig Jahren gesehen hatte. Er sah im Vorübergehen die Fotos an der Wand und Plakate für Stücke, die hier früher aufgeführt worden waren. Außerdem: kugelförmige Lampen, ein Schalter, an dem die Eintrittskarten verkauft wurden, Pflanzen. Auch wenn er sich eine Menge Zuschauer dazudachte, erinnerte nichts ihn an den Abend oder an seine Adoptivmutter.

»Da steht die Figur aus Elfenbein, vielleicht erkennen Sie sie wieder.«

»Ja, ja, ich erkenne sie.«

»Hoffentlich wird das nächste Stück wieder ein solcher Erfolg. Ich spiele die Hauptrolle.«

»Ich werde es mir bestimmt ansehen.«

»Spielen Sie auch Theater?«

»Ich? Nein.«

»Sie kommen mir irgendwie bekannt vor.«

Er sah sie überrascht an, fasste sich aber sofort wieder; sie konnte unmöglich an dem Abend dabei gewesen sein, als *Liebe in Stalingrad* gespielt wurde.

»Ich trete manchmal auf. Ich spiele Klavier.«

»Das ist es. Ich habe Sie im Spoetnik gesehen. Kann das sein?«

Sie sah ihn amüsiert an, als hätte sie ihn bei etwas Verbotenem ertappt. Sie öffnete die Tür zu einem Zimmer ohne Fenster. An einer Wand stand ein Regal mit Fundsachen. Der Raum ähnelte dem, in dem die Schauspieler in seinem Beisein den Erfolg ihrer Aufführung gefeiert hatten, allerdings meinte er sich zu erinnern, dass es ein offenes Fenster gegeben hatte.

»Schade, dass das Spoetnik geschlossen ist«, sagte sie.

»Ja, schade.«

»Ich hab sogar gehört, dass der Besitzer im Gefängnis ist.«

»Ach, wirklich?«

»Kann ich Ihnen etwas im Vertrauen sagen?«

Sie blickte jetzt ernst, sie wirkte fast ein bisschen ängstlich.

»Aber natürlich.«

»Wir haben bald die Probespiele für unsere Herbstproduktion und suchen nach Leuten … wie soll ich sagen … Leuten, die …«

Während sie nach Worten suchte, schaltete sie das Licht an.

»Leuten afrikanischer Herkunft?«

»Ganz genau. Wir wollen ein diverseres Publikum erreichen, und wir …«

»Schade. Ich kann überhaupt nicht spielen. Nur Musik.«

Nein, es war nicht das Zimmer, in dem nach der Vorführung gefeiert worden war. Ein paar Monate, bevor er nach Paris gegangen war.

»Überlegen Sie es sich noch einmal. Sie machen wunderbare Musik«, sagte die junge Frau. »Vielleicht arbeiten wir ja doch mal zusammen.«

»Das wäre schön. Ich bin sehr angetan von diesem Theater.«

»Wie sah Ihr Regenschirm denn aus?«

Er sah einen Behälter mit Regenschirmen, er wies darauf und sagte: »Schwarz. Der da könnte es sein.«

»Der da?«, fragte sie.

Sie nahm den Regenschirm und reichte ihn ihm.

»Vielleicht machen Sie ihn mal auf, um sicherzugehen.«

Er wäre am liebsten schleunigst weggerannt, nach draußen, tat aber, was sie vorgeschlagen hatte, und nickte dann.

»Ja, das ist er.«

»Dann sind Sie ja gerettet. Es soll heute wieder regnen, hab ich im Radio gehört.«

Es war, als dränge etwas ihn, das Gegenteil dessen zu tun, was er vorgehabt hatte.

Sie hatte offensichtlich etwas bemerkt, denn sie sagte: »Sagen Sie's ruhig.«

»Fänden Sie es schlimm, wenn ich mir die Probe ein paar Minuten ansehe? Sie haben mich neugierig gemacht.«

Es wirkte, als wollte sie seine Bitte ausschlagen, aber dann antwortete sie: »Im Gegenteil, es ist immer schön, wenn jemand im Saal ist, und vielleicht kommen Sie ja doch auf den Geschmack. Kommen Sie. Falls sie noch nicht angefangen haben, stelle ich Sie meinen Kollegen vor.«

Im Flur hingen Plakate von Vorführungen aus den siebziger und achtziger Jahren, aber keins für *Liebe in Stalingrad.* Auch der Saal selbst weckte nur sehr vage Erinnerungen. Ein herrliches hufeisenförmiges Auditorium. Er wusste noch ungefähr, wo er gesessen hatte, links von ihm der Major, vielleicht war er damals auch schon zum Oberst befördert worden. Wahrscheinlich war die Inneneinrichtung seitdem renoviert worden. Auf der Bühne liefen zwei Männer hin und her, einer mit einem auffälligen orangen Hut, der andere zog etwas hinter sich her, das vermutlich einen Hund darstellen sollte.

»Wenn Sie Lust haben, zur Kostümprobe zu kommen, heute Abend spielen wir das ganze Stück zum ersten Mal vor ausgewähltem Publikum, nur Freunde und Bekannte. Sie sind auch eingeladen«, sagte sie. Dann entschuldigte sie sich, ging auf die Bühne, und die drei begannen ein Gespräch über eine sonderbare Liebe, dazu viel Geschrei und wechselseitige Beleidigungen.

Er blieb noch einige Augenblicke und sah zu, dann stand er auf und ging. Den Regenschirm warf er in den ersten Mülleimer, an dem er vorbeikam. Er erwähnte es Lilly gegenüber mit keinem Wort, ging aber schon gegen vier.

Den ganzen Abend, die ganze Nacht lag er im Bett, starrte an die Decke und versuchte, sich bildlich an *Liebe in Stalingrad* und an seinen Adoptivvater zu erinnern, der während der gesamten Aufführung unbeweglich neben ihm gesessen hatte. Der Soldat hatte nie Zugang gefunden zum Theater, nicht einmal Stalingrad änderte etwas daran. Das gestand er auf dem Heimweg, aber stolz war er trotzdem auf seine Frau, denn er sah durchaus, wie sie die anderen Zuschauer bewegt hatte.

Ein Auto kam die Straße entlang, und Morgan folgte den Lichtstreifen an der Decke mit dem Blick. Was wäre ohne sie aus ihm geworden? Die Wahrscheinlichkeit, dass seine Eltern ihn zum Klavierunterricht geschickt hätten, war gleich null, niemand hätte ihm die Liebe zum Jazz nahegebracht, stattdessen wäre er vielleicht in irgendeinem Bürgerkrieg ums Leben gekommen. Er konnte nicht sagen, dass er seine Adoptiveltern vermisste, in all den Jahren hatte er nur sehr selten an sie gedacht, aber er musste doch zugeben, dass sie ihm alles gegeben hatten, was er brauchte. Erinnerungen schwirrten durch seinen Kopf, er grübelte, und währenddessen entstand in ihm kaum merklich der Wunsch, sie noch einmal wiederzusehen. Seine Adoptivmutter war inzwischen wohl so alt wie Lilly. Vielleicht ein bisschen älter. So sehr er sich auch mühte, er konnte sich nicht an ihre Geburtsdaten erinnern.

Er fuhr langsam durch die verlassenen Straßen und versuchte sich einzureden, dass ihm das Ganze ziemlich gleichgültig sei. Schule, Spielplatz, der Bäcker, der seit vierzig Jahren das gleiche Brot buk, rote Ampeln und keine Menschenseele auf der Straße, alle sicher hinter Schloss und Riegel, vielleicht beobachteten sie ihn durch einen Schlitz in den Gardinen und versuchten einzuschätzen, wie er auf die Geschehnisse reagieren würde, die auf ihn zukamen. Zugleich schien es, als hätte eine unsichtbare Dunkelheit hinter dem Steuer des schwarzen Mercedes Platz genommen, als würde Morgan gegen seinen Willen mitgeschleppt, machtlos, zu einer Verabredung, die ihn eigentlich nichts anging. Er wollte rufen: »Was willst du von mir?« Die Worte des anderen blieben ihm in der Kehle stecken. Vorbei an dem Schlachter, der sich auf Blutwurst spezialisiert hatte. »Wie oft habe ich es dir schon gesagt, ich kann Blutwurst nicht leiden!« Der andere wollte nichts davon wissen, sagte, er solle den Mund halten, er solle seinen Teller leeressen, er solle bloß vorsichtig sein. »Es ist nicht dein Auto, Junge, pass doch auf, was du machst.« Derselbe andere, der ihn am Morgen gezwungen hatte, sich die Haare schneiden zu lassen und einen Anzug anzuziehen, den Simona ihm gekauft hatte, dazu ein längsgestreiftes Hemd, rot, rostfarben, braun, eine schwarze Jacke und dunkelbraune Schuhe. Morgan sah sich im Rückspiegel an: Er sah gepflegt aus, viel gepflegter als sonst.

Das Haus stand noch, unten, im Souterrain, zwei Garagen, links eine steinerne Treppe, die zur Vordertür führte, eine gediegene weiße Fassade, zwei Stockwerke, ein Schieferdach, rechts die Taxushecke, hinter der sich ein Teil des Gartens ausdehnte, jener Teil, in dem die Schaukel gestanden hatte, die inzwischen bestimmt nicht mehr da war. Er fragte sich, ob die Fliesen auf der dritten Stufe noch immer lose waren. Dann das Haus von Schoenaerts mit seinen drei boshaften Töchtern, dann Keppels, der Bankdirektor, gegenüber Roger und Tina, die manchmal auf ihn aufgepasst hatten, wenn er aus der Schule kam. René Verecken hatte die Fassade seines Hauses offensichtlich vor Kurzem weiß gestrichen, dahinter, vielleicht hundert Meter Luftlinie entfernt, lag das Museum für Zentral-Afrika.

Er erinnerte sich an den Mann mit dem eindrucksvollen Kopf, ausgesprochen rot, ausgesprochen rund, der die Besucher von Vitrine zu Vitrine geführt und ihnen in seinem Singsang Vorträge gehalten hatte: »Hier sehen Sie eine typische Bateke-Maske aus dem späten achtzehnten Jahrhundert, ein Volk von Händlern, das vor allem in der Provinz Bandundu anzutreffen ist, im Westen des Kongo, aber auch in Gabun und Kongo-Brazzaville. Eine typische Maske, sagte ich, woran erkennen Sie die Masken der Bateke? An ihrer charakteristisch runden Form, ebenfalls typisch ist …« Er war wohl dreizehn, vierzehn Jahre alt, dem Oberst und seiner Frau hatte er weisgemacht, dass er mit den zweihundert Franc, die sie ihm zum Geburtstag geschenkt hatten, ins Kino wollte. Nach zwei Sälen voller Vitrinen und allerlei Wissenswertem hatte er den Mann und sein Gefolge verlassen, um allein auf Erkundungszug zu gehen.

Ihm blieb nicht viel Zeit, bei dieser Erinnerung zu verharren. In diesem Moment machte jemand im Vorderzimmer das Licht an, schaltete es aber nach einer halben Minute wieder aus.

Er blieb beinahe eine Viertelstunde sitzen, versunken in Gedanken, sinnend auf Ausreden. Ein Mann, den er nicht kannte, ging mit seinem Hund spazieren, sonst war niemand zu sehen, nur das Brummen eines Rasenmähers war zu hören.

Der andere gab keine Ruhe, sagte, allmählich mache er sich verdächtig, als würde er einen Überfall auf das alte Ehepaar in der Nummer 16 planen.

»Steig aus, Mann, je länger du wartest, desto schwerer wird's.«

Er holte tief Luft, zog den Schlüssel raus, warf einen letzten Blick auf den Mann mit Hund im Rückspiegel. Er stieg aus, überquerte die Straße und ging die Treppe hoch. Der Oberst hatte die Fliesen auf der dritten Stufe mit Mörtel befestigt, aber die Türklingel hatte sich in den siebzehn Jahren nicht geändert. Ein schlichtes Dingdong.

Es dauerte ein bisschen, bis aus dem Haus etwas zu hören war. In der Tür erschien eine junge Frau, höchsten dreißig, dunkle Haare, dunkle Augen, in einem roten Kaschmir-Rollkragenpullover.

»Guten Tag.«

Eine sanfte Stimme, sogar eine Spur verführerisch. Er sah sie an und wusste nicht, was er sagen sollte.

»Kann ich Ihnen helfen?«, fragte sie.

Konnte sie ihm helfen? Der andere lachte sich tot. Konnte sie ihm helfen? Na ja, so könnte man es sagen.

Dann ging es schnell. Er fragte sie, ob seine Adoptiveltern zu Hause seien. Sie antwortete, sie habe das Haus vor etwa fünf Jahren gekauft und habe keine Ahnung, wo die Vorbesitzer jetzt wohnten, sie habe leider keine Anschrift, alles sei über einen Notar gelaufen. Sie gab ihm den Namen und die Anschrift der Kanzlei, irgendwo in der Innenstadt in der Nähe des Nordbahnhofs. Er bedankte sich und ging zurück zum Auto.

Der Notar schien ein sportlicher junger Mann zu sein, der gerade von einem Fußballturnier in der Nachbarschaft zurückkam, als Morgan bei ihm klingelte. Der Mann stand in seinen Sportsachen da, als er mit ihm sprach, Schweißperlen auf der Stirn, ein Handtuch über den Schultern. Es dauerte einen Moment, bis er Morgan sagen konnte, wo er seine Adoptiveltern finden werde. Eine Seniorenresidenz am Stadtrand. Im Übrigen erinnerte sich der Notar an wenig bis nichts aus der Akte.

Nachmittags stand Morgan am Eingang der Seniorenresidenz, vor sich sah er eine Cafeteria, rechts eine Art Rezeption, links eine geschlossene Tür, hinter der laut Türschild der Sozialdienst seinen Sitz hatte, dann ein langer Flur. Neben der Satzung der Residenz hing eine große Tafel mit den Zimmernummern und den Namen der Bewohner. Plötzlich stand eine Frau neben ihm, die ihre grauen Haare in einem Dutt trug.

»Bitte, wie kann ich Ihnen helfen?«

Er sagte, zu wem er wollte. Sie suchten gemeinsam auf der Tafel nach dem Namen.

»Null vierundzwanzig. Sie gehen hier am Ende des Flurs durch die Tür, dann fragen Sie einfach. Einen angenehmen Besuch.«

Er befolgte die Anweisungen der Dame mit dem Dutt. Die erste Tür links stand offen, sie führte in eine Kapelle. An den Wänden im Flur gab es überall Geländer, an denen die Bewohner sich festhalten konnten, wenn sie von ihrem Zimmer in die Cafeteria gingen oder zurück. Er sprach eine Pflegerin an, eine hübsche junge Frau, deren Haar so blond war, dass er sie für eine Finnin hielt. Er sagte, wen er suchte.

»Haben Sie sie schon mal besucht?«, erkundigte sie sich.

»Das ist das erste Mal.«

»Und Sie sind?«

Die Frage lag auf der Hand, traf ihn aber dennoch unvorbereitet.

»Ich bin ihr Adoptivsohn«, sagte er.

Wann hatte er sich selbst zuletzt so genannt? Auf keinen Fall mehr, seit er überzeugt war, dass die sogenannte Epidemie nur eine Märchengeschichte war, erzählt, damit er nicht nachfragte. Diese Bezeichnung berührte etwas, dem er nicht beikommen konnte, es lag etwas Mitleiderregendes darin, das er nicht ertrug.

»Ach so. Wir wussten gar nicht, dass sie einen Adoptivsohn hat. Kommen Sie mit.« Im Flur sagte sie noch: »Sie ist schon seit sechs Uhr wach. Sonst schläft sie immer bis acht oder neun Uhr. Vielleicht hat sie gewusst, dass Sie kommen.«

Die Pflegerin brachte ihn zu einer Veranda mit vielen Pflanzen und hölzernen Tragbalken, die mit dunkelrotem Firnis behandelt waren. Der Blick fiel von dort nur auf ein paar Blumenbeete und einen wohlgepflegten Rasen, der sich bis zu einer Backsteinmauer zog. Er habe sich einen grauen Tag ausgesucht, an schönen Sommertagen lasse es sich hier durchaus gut leben. Es roch nach feuchter Erde, wahrscheinlich hatte gerade jemand die Pflanzen gegossen. Die Pflegerin blieb knapp vor einer Reihe aus Bogenhanfpflanzen stehen und wies auf die Rückseite eines Rollstuhls.

»Da sitzt sie. Melden Sie sich einfach, wenn ich Ihnen irgendwie helfen kann«, sagte sie und ließ ihn dort stehen.

Einige Augenblicke sah er auf den unbeweglichen Rücken hinter dem Bogenhanf, leicht gebeugt, krumm wie bei vielen ihrer Altersgenossen. Sie trug einen beigen Pullover, der an den Schultern verschlissen war, ihr dünnes graues Haar war plattgekämmt. Es schien, als führe sie Selbstgespräche, aber er konnte nicht verstehen, was sie sagte. Er rückte seinen Schlips zurecht, dann trat er hinter den Pflanzen hervor. Sie sah kaum auf, wendete den Kopf ein wenig in seine Richtung, mehr nicht.

»Hallo, Mama«, sagte er.

Als er sprach, schien es für einen Augenblick, als wollte sie weinen, als hätte sie feuchte Augen, aber die Reaktion verlor sich sofort wieder, und sie sah wieder gelangweilt in den Garten. Er sah einen Korbstuhl und sagte: »Ist es in Ordnung, wenn ich …«

Er zog den Stuhl näher heran und setzte sich neben sie.

»Lange nicht gesehen, Mama.«

Sie sagte noch immer nichts, sah ihn an, es hatte den Anschein, dass sie so überrascht war, dass ihr die Wörter im Hals steckenblieben, wo sie einen unaussprechbaren Brei ergaben.

»Wenn du möchtest, gehe ich natürlich, sag es einfach.«

Neben ihrem Rollstuhl stand ein Tischchen, darauf ein Metallbecher, der halb gefüllt war mit Wasser. Sie streckte die Hand nach dem Becher aus, aber er stand etwas zu weit weg. Er nahm den Becher und reichte ihn ihr, doch ihre Hände zitterten dermaßen, dass sie ihn nicht halten konnte. Sie beugte sich etwas nach vorn, den Mund leicht geöffnet, und er setzte den Becher an ihre Lippen, um sie vorsichtig trinken zu lassen. Ein feiner Strahl Wasser tropfte ihre Mundwinkel herab, an den kleinen Härchen auf ihrem Kinn entlang zum Hals. Er nahm ein Taschentuch, das in ihren Ärmel gestopft war, und wischte das Wasser fort.

»Noch mehr?«

Sie betrachtete ihn mit dem wachen Blick, an den er sich erinnerte, sie hatte ihn so begeistert die Liebe zur Kunst gelehrt, zur Poesie, zur Musik, zum Klavier, so begeistert, dass es immer wirkte, als wollte sie ihn lehren, mit ihren Augen zu sehen. Dann wandte sie ihren Kopf ab und starrte aufmerksam nach draußen, als wäre mit Unterstützung von dort zu rechnen. Er stellte den Becher zurück auf das Tischchen und schob es etwas näher, damit sie auch selbst dran kam, wenn sie wollte.

Sie fragte: »Hast du das Verlaine-Buch mitgebracht?«

Ihre Stimme hatte sich kaum verändert, vielleicht war sie etwas schwächer, aber nicht weniger gebieterisch.

»Das Verlaine-Buch?«

»Du hattest versprochen, dass du Verlaine mitbringst. *Les sanglots longs des violons de l'automne, blessent mon cœur d'une langueur monotone et je pleure et je pleure …*«

»*… et je m'en vais au vent mauvais et je pleure …*«

»Hör doch auf, immer weißt du alles besser.«

»*Je fais souvent ce rêve étrange et pénétrant …*«

»*… d'une femme inconnue qui m'aime …*«

»*… et que j'aime et qui m'aime …*«

»Karel hat den Band, du musst Karel fragen, er hat den Band irgendwo hingelegt und wie üblich findet er ihn nicht mehr, er wird noch mal seine Sachen verlieren.«

»Wo ist Papa?«

»Zum Bäcker, mit dem Rad. Wir haben kein Brot mehr im Haus.«

»Wie geht's dir, Mama?«

»Gut, gestern war Vleminckx da. Hat von dir gesprochen.«

»Vleminckx?«

»Vleminckx, ja. So heißt er, weißt du das nicht? Der aus … wie heißt es gleich? Hilf mir mal. Von den Soldaten. Wie Karel.«

»Soldaten?«

»Ach, du kennst ihn bestimmt. Vleminckx. Aus Kombo. Der mit den limburgischen Wörtern.«

»Kombo? Kongo?«

»Kongo, ja, Kongo, der war dabei.«

Außer ihnen war niemand auf der Veranda, aber er hatte trotzdem das Gefühl, dass sie nicht allein waren.

»Wobei?«

»Bei seiner Frau. Krebs. Wie alle. Sie wohnte im selben Flur, gegenüber. Sie essen kein frisches Obst, was will man da erwarten?«

»Ich war heute Morgen zu Hause.«

Sie antwortete, ohne ihn anzusehen: »Wir können uns auch gleich ins Wohnzimmer setzen. Da ist es warm.«

»Es hat sich nichts verändert. Vollkommen gleich. Weißt du, ob die Schaukel noch steht?«

»Was soll sich auch verändern? Roman hat im Keller ein neues … wie heißt das gleich?«

»Was?«

»Was was? Wovon sprichst du?«

»Von unserem Haus.«

»Ja. Ich hab hier immer gern gewohnt. Schau dir doch den Garten an. Ich sitz den ganzen Tag hier. Karel muss dringend den Rasen mähen. Ich hab's ihm schon gesagt, aber du kennst es ja. Ich werde ihn gleich dran erinnern. Er spielt wahrscheinlich wieder Karten bei Vleminckx.«

Als sie das sagte, fiel ihm wieder ein, dass sie eines Mittags zu acht Karten gespielt hatten, zwei Paare auf der einen, zwei auf der anderen Seite des Tisches, es wurde geboten und gereizt, der Plattenspieler spielte argentinische Musik, auf dem Tisch eine Flasche Whisky für die Männer – er hatte den Oberst noch nie zuvor Whisky trinken gesehen –, ein paar Flaschen Fruchtbier für die Frauen. Er durfte aus einigem Abstand zusehen, ganz still, bis eine der Frauen zwischen zwei Partien ausrief: »Was habt ihr nur für einen braven Jungen!« Da war er aufgestanden, war in sein Zimmer gegangen und hatte noch lange heulend auf dem Bett gelegen.

»Wo bist du gewesen?«

Die Frage kam so unerwartet, dass er nicht wusste, was er antworten sollte, ob er sich eine Erklärung ausdenken, sich entschuldigen oder so tun sollte, als hätte er die Frage nicht verstanden.

Sie fragte sofort weiter: »Warum dauert es so lange, alles zu regeln?«

»Was soll ich denn regeln?«

Plötzlich war sie aufgebracht: »Alles natürlich, die Versicherung, die Steuern, Gas, Wasser, Strom, Dinge ... alles.«

Sie spielte Theater. Sie hatte ihr Leben lang Theater gespielt. Mit einem Mal schoss ihm ein Gedanke durch den Kopf: Sie saß da und spielte Theater, sie spielte die demente Frau, sie tat nur so, insgeheim lachte sie ihn aus.

»Wir haben noch genug Zeit, das alles zu regeln, Mama, du musst dir keine Sorgen machen.«

»Ich mache mir keine Sorgen. Es ist so dunkel hier. Ist es bei dir auch so dunkel?«

Irgendwo aus dem Flur, der zur Veranda führte, erklang Klaviermusik. Sie sah in die Richtung, aus der die Musik kam.

»Prokofjew. Das zweite Klavierkonzert. Wer spielt da? Können wir nicht hingehen und zuhören? Die linke Hand spielt zu verkrampft.«

»Es ist eine Aufnahme.«

»Ach so.«

»Erinnerst du dich noch an das Theater in der Louizalaan?«

»Nein.«

»Der Billardsaal mit dem braunen Eingang. Ich war diese Woche mal wieder da. *Liebe in Stalingrad*. So hieß das Stück. Ich hatte neben Papa gesessen, gleich vor der Bühne. Wir waren stolz auf dich.«

»... und du, du wolltest die Frau, die Frau, die mich mit ungekanntem Hass vergiftete, für sie hast du dich entschieden, für ihren Busen und ihre Arme und ihre Scheinheiligkeit, und ich blieb allein zurück. Ach, mein Liebster, fürchte nicht, ich werde dich niemals ...«

Sie sprach ohne jedes Gefühl, ohne die geringste Intonation, als lese sie einen Beipackzettel vor.

»Ist das aus dem Stück?«

»… meine Liebe zu dir wird niemals schwinden, und ich, ich, ich …«

Sie suchte nach Worten, aber die kamen nicht.

»Willst du noch etwas Wasser?«

»Vleminckx hat uns reingelegt. Er sagte, wir könnten ihm vertrauen, und seitdem hocken wir im Dunkeln.«

»Musst du …«

»›Zu Hause ist es doch am schönsten‹, sagt Karel immer.«

»Kann ich dir mit irgendetwas eine Freude machen, Mama?«

»Eine Freude?«

»Etwas, das du gern hättest?«

»Buttermilch.«

Wo war die Frau, die als Geliebte eines Ostfrontkämpfers verzweifelt über die Bühne schwebte? Die sich in weißen Kleidern und mit einem Diadem im Haar fotografieren ließ für das Heft, in dem *Liebe in Stalingrad* angekündigt wurde? Die ausrasten konnte, wenn es ihm nicht gelang, ein Stück vom Blatt zu spielen? Die so verrückt war auf Hackbraten mit Sauerkirschen, dass sie das einmal pro Woche machte? Die ihrem Mann quer über die Welt gefolgt war, von China über Brasilien bis Gabun? Überallhin, außer in den Sudan, da war es zu gefährlich. Die zu ihrem fünfzigsten Geburtstag den größten Konzertsaal der Stadt gemietet hatte, um jeden zu empfangen, der in der Stadt etwas galt, den Bürgermeister, Dichter, den Kardinal, einige Professoren, zwei Diplomaten, einen General und einen endlosen Zug von Männern und Frauen, die behaupteten, ihre Freunde zu sein. Was war davon geblieben?

»Buttermilch«, wiederholte er.

»Ich sitze hier gut, in der Sonne. Die Sonne scheint, siehst du, und der Garten, die Vögel. Wenn ich hier sitze, muss ich nicht raus.«

»Willst du noch mal raus?«

»Draußen ist es nicht so dunkel. Früher, in der Bosstraat, da saßen wir auch immer draußen, du und ich und Roman.«

»Das weiß ich noch.«

»Wir müssen aufhören mit den Reisen. Es ist nicht gut für den Jungen.«

»Es geht mir gut.«

»Er ist immer mehr in sich gekehrt. Ihm fehlt Halt.«

»Wem?«

»Deinem Sohn, Karel, deinem Sohn!«

Ihre Stimme war lauter geworden, jetzt schwieg sie wieder, griff nach dem Wasserbecher. Als er ihr half, bemerkte er eine bläuliche Narbe auf ihrem rechten Arm, wie ein Pfeil, der in Richtung ihres Oberarmes wies. Er konnte sich nicht erinnern, dass sie die früher schon gehabt hatte, aber als er sie danach fragen wollte, hörte er das schlappende Geräusch von Slippern, das sich ihnen näherte, das Schlurfen von jemandem, der davon träumt, am Strand in einem Liegestuhl zu sitzen. Zwischen den Bogenhanfpflanzen erschien der grüne Schwesternkittel einer jungen Frau, die er noch nicht gesehen hatte, sie hatte dunkle Haare und war türkischer oder marokkanischer Herkunft.

»Wir gehen jetzt zu Tisch«, sagte sie. Und zu ihm: »Sie können gern ein Butterbrot mitessen, wenn Sie wollen.«

Er stellte den Becher zurück auf das Tischchen, bedankte sich bei der Pflegerin für das Angebot und antwortete, er werde noch mal wiederkommen.

Zu ihr sagte er: »Ich muss dann mal, Mama. Grüßt du Papa bitte?«

»Von wem?«

»Von mir. Roman.«

»Wo ist meine Handtasche? Und mein Pass?«

»Die liegt in der zweiten Schublade im Arbeitszimmer, wie immer. Guten Appetit. Und bis später.«

»Bleibst du noch?«

Er beugte sich vor und gab ihr einen Kuss, dann verließ

er die Veranda, ohne ein Wort zu der türkischen oder marokkanischen Frau zu sagen. Er hörte noch, wie sie hinter ihm den Rollstuhl wegschob. Die blonde Pflegerin, die an der Rezeption stand und in einer Akte blätterte, erzählte ihm, dass sein Adoptivvater vor zwei Jahren an einer Gehirnblutung gestorben war. Er kehrte zurück zum Auto, setzte sich ans Steuer und starrte auf die Mauer vor sich, dahinter lag der Garten, auf den man von der Veranda blickte. Er fuhr zurück zu Lilly, gab ihr die Schlüssel und sagte, sie müsse sich einen neuen Fahrer suchen.

An diesem Abend spielte er in seinem Zimmer, wie er es seit Monaten nicht mehr getan hatte, als bildeten die Melodien einen Schild, hinter dem er Schutz finden würde.

7

Er versuchte, wieder ein unauffälliger Bestandteil der Stadt zu werden, anwesend, aber austauschbar wie das Kopfsteinpflastersteine vom Grote Markt, die lustigen Zigeuner-Bands, die Leuchtreklame auf dem Boulevard Jacqmain oder die Restaurants, die es dort zu Dutzenden gab und von denen jedes Jahr einige pleitegingen. Einmal war er eingeladen zu einem Festival in Wallonien, wo er einen Argentinier kennenlernte, der Julias Rodriguez-Takamoto hieß. Seine Mutter war Japanerin, sein Vater Brasilianer, eine Mischung, die bei Frauen besonders gut ankam. Es war der einzige Auftritt in diesem Monat, der ihm eine Gage einbrachte. Es schien, als hätte ihn sein altes Leben wieder. Bis plötzlich zwei Polizeibeamte vor der Haustür standen, ein Mann und eine Frau.

»Dürfen wir kurz reinkommen?«, fragten sie.

Morgan hatte gerade ein paar Scheiben Speck zum Frühstück gebraten und fürchtete, dass die Polizisten ihn mitnehmen würden. Als er jünger war, war ihm das oft passiert. Sie hatten ihn im Polizeitransporter mit Blaulicht zum Kolenmarkt gebracht, wo er den Rest der Nacht in einer Zelle verbrachte. Eine Verwechslung, hatte es dann am nächsten Morgen geheißen.

Als sie in seinem Zimmer waren, wies er mechanisch auf die Stühle und stellte die Pfanne mit dem Speck wieder auf den Herd. Die Polizistin war etwa in seinem Alter, ihn beeindruckten besonders der Stern, der ihre Uniformjacke zierte, und die feinen Lippen, mit denen sie ihn schüchtern anlächelte. Sie setzte sich, der andere blieb stehen, ein etwas älterer Mann, der leicht vorgebeugt ging, als trüge er eine schwere Last oder wäre sein ganzes Leben lang gegen den Wind angeradelt.

Ohne weitere Umstände fragte die Polizistin: »Können Sie uns bitte sagen, wo Sie letzte Woche Donnerstag waren?«

Er musste kurz nachdenken, dann erinnerte er sich an das Treffen mit einem Café-Betreiber am Kolenmarkt, ein ziemlich ertragloses Gespräch, das er wahrscheinlich deshalb schon fast vergessen hatte.

»Gut, gut«, sagte die Frau und schrieb den Namen des Cafés in ein Notizbuch, »das werden wir später überprüfen. Wann haben Sie mit dem Mann gesprochen? Tagsüber? Abends?«

»Den ganzen Abend und einen großen Teil der Nacht hab ich in dem Café rumgehangen. Ich denke, ich bin gegen fünf Uhr morgens los. Tagsüber war ich nur mal draußen, um ein paar Besorgungen zu machen.«

»Fünf Uhr morgens, ja, ja. Taxi? Straßenbahn?«

»Zu Fuß.«

»Zu Fuß, natürlich, das wundert uns nicht. Was meinst du, Kollege? Ein schöner Spaziergang, früh am Morgen, das tut gut, oder?«

Sie notierte alles ganz genau in ihrem Büchlein, beflissen wie eine Gymnasiastin.

»Und tagsüber?«

»Tagsüber hab ich unter anderem neue Agraffen für mein Klavier besorgt. Und einen Schlips für den Abend.«

»Einen Schlips gekauft, so, so, einen Schlips. Wissen Sie noch, wo das war?«

»Am Waterloosesteenweg. An der Rue Washington.«

»Am-Wa-ter-loo-se-steen-weg. Gut.«

Die Art, wie sie mit ihm redete, ließ vermuten, dass sie sonst vornehmlich mit schwänzenden Kindern und Erziehungsproblemen befasst war.

»Gut«, sagte sie dann. »Weshalb wir hier sind: Wir haben eine Anfrage von unseren Kollegen in Paris bekommen, vielleicht können Sie uns weiterhelfen. Dürfen wir Ihnen ein paar Fragen dazu stellen?«

Paris. Das eine Wort warf sofort einen Schlagschatten auf ihn. Er hatte stets versucht, seine Gefühle zu beherrschen, nie plötzlich in Tränen auszubrechen, nie zu überschwänglich zu sein. Aber als er »Paris« hörte, würgte es ihn beinahe vor Elend. Der Name der Stadt erinnerte ihn nicht nur an die schönsten Augenblicke seines Lebens, an Auftritte, bei denen das Publikum seinen Namen skandierte, an Liebesnächte, die gar nicht enden wollten, an Improvisations-Sessions unter dem Eiffelturm mit Roberto und Jules, den sie den Rabbiner nannten wegen seines Barts, aber auch an Angela. Natürlich an Angela. Nur noch an Angela. Als die Polizistin »Paris« sagte, war es, als würde ihn eine gewaltige Müdigkeit befallen, als wäre durch das eine Wort, durch den Namen der Stadt allein plötzlich alle Kraft aus seinem Körper geschwunden, als wäre er ein verdorrtes Blatt, das aus einem Baum herabsegelte. Er sah die Polizistin an und wartete ab, was sie zu sagen hatte. Sie schien einen Moment andächtig die Fotos an der Wand zu betrachten, dann sah sie das Klavier an, das neben der Plattensammlung stand.

»Sie sind Musiker«, sagte sie und notierte es.

Er nickte.

»Simona Du Bois. Sagt Ihnen der Name etwas?«

Simona Du Bois. Ohne Vorwarnung, ohne Überleitung von seinem Beruf zu ihrem Vornamen. Musiker – Simona. Als wäre das eine unlöslich mit dem anderen verbunden. Trotz des fremden Nachnamens. Es dauerte ziemlich lange, bis ihm einfiel, wo er diesen Nachnamen schon einmal gehört hatte. Du Bois. Eine Sekunde lang hoffte er, dass ein Irrtum vorlag.

Er sagte: »Simona Tremblay?«

»Simona Du Bois. Sie wohnte bis vor Kurzem in« – sie sah in ihr Notizbuch – »Carmona, das ist irgendwo in Südspanien. Sie wurde zuletzt in Paris gesehen. Vielleicht war sie auf dem Weg nach Spanien. Aber sie ist dort nicht angekommen.«

»Ich kenne nur eine Simona Tremblay«, sagte er.

»Schon lange?«

»Seit Neujahr.«

Der Mann öffnete einen Koffer, den Morgan zuvor nicht bemerkt hatte, holte eine Akte hervor und legte ein Foto auf den Tisch. Ein verschwommenes Bild, irgendwo in einer Bahnhofshalle oder einem Flughafen aufgenommen. Auch wenn es sehr unscharf war, sah es tatsächlich nach Simona aus.

»Simona Tremblay«, sagte Morgan.

»Unsere französischen Kollegen haben in ihrer Manteltasche letzte Woche Donnerstag einen Zettel gefunden, darauf standen Ihr Name und Ihre Telefonnummer. Sie hat ihren Mantel im Bahnhofscafé vergessen. Oder sie hatte keine Zeit mehr, ihn anzuziehen.«

Sie fanden das anscheinend verdächtig. Das Foto verschwand wieder in dem Koffer, aber er sah das Bild ihres verschwommenen Gesichts noch vor sich. Plötzlich änderte die Polizistin den Ton, sie sprach nun nicht mehr sachlich, sondern einnehmend. Vielleicht war ihr doch etwas an ihm aufgefallen? Hatte sie an Morgans Gesicht gesehen, dass ihn die Nachrichten überraschten?

»Kennen Sie sie gut?«

Trotz des vertraulichen Tons hatte er den Eindruck, sie wollte ihn in eine Falle locken.

»Nein.«

»Nach unseren Erkenntnissen standen Sie beide einige Zeit in Kontakt.«

»Wir haben uns ein paar Mal unterhalten, ja. Was ist mit ihr geschehen?«, fragte er.

Die Polizistin kniff ihre feinen Lippen zusammen, dann antwortete sie: »Laut unseren Kollegen in Paris wurden über ihr Konto größere Summen in den Kongo geschleust. Geld, dessen Herkunft unklar ist.«

»Unmöglich«, antwortete Morgan. »Ich glaube nicht, dass sie dazu imstande wäre.«

»Das weiß man nie«, sagte der andere Polizist. »Niemand weiß, was er an entscheidenden Punkten in seinem Leben tun wird, etwa wenn es um viel Geld geht. Auch Sie nicht.«

Der Mann blieb mit gekreuzten Händen vor dem Fenster stehen, mit dem Rücken zum Zimmer, und sah auf die Anbauten der Häuser in der Parallelstraße.

Er sagte: »Hören Sie mal, Morgan, warum erzählen Sie uns nicht einfach alles, was Sie über Simona wissen, hm? Dann können wir unsere französischen Kollegen informieren. Was meinen Sie?«

Gut, dachte Morgan, warum nicht? Er dachte sich eine Geschichte aus, wie er sie zufällig am Silvesterabend in einem Café getroffen habe, erwähnte einige nichtssagende Einzelheiten, was sie so geredet hätten, dass sie sich dann hier und da noch über den Weg gelaufen seien, und endete mit dem Gerücht, dass sie plötzlich abgereist sei. Anders als zufällig könne man ihre Begegnungen kaum nennen. Sie habe ihm jedenfalls nichts gesagt.

»Sagt Ihnen der Name Jonas Vannieuwelingen etwas?«

»Nie gehört.«

»Und Walter Du Bois?«, fragte der Mann, ohne Morgan anzusehen. »Kennen Sie den?«

»Walter Du Bois?«

»Walter, ihren Bruder.«

Der Mann wandte sich endlich wieder um, nahm sich einen Stuhl und setzte sich neben seine Kollegin an den Tisch.

»Nein, den kenne ich nicht«, antwortete Morgan. »Ich wusste überhaupt nicht, dass sie einen Bruder hat.«

»Hat sie sonst je über ihre Familie gesprochen?«

»Nein. Ihre Mutter ist gestorben, das weiß ich. Sonst nichts.«

Die Polizistin sagte: »Stimmt. Genau wie ihr Vater. Der ist vor Kurzem in einem Krankenhaus in Zürich gestorben. Sie hat anscheinend viele Menschen getroffen, aber niemand kannte sie.«

Sie stellte noch einige Routinefragen, dankte ihm für die Kooperation und klappte das Notizbuch zu.

»Wir wissen alles Nötige, Kollege.«

Als sie gegangen waren, setzte er sich an den Tisch. Er war unschlüssig, versuchte sich einzureden, dass er sich nicht weiter damit zu belasten brauchte, dass es ihn nichts anging, dass er den Launen des Schicksals machtlos gegenüberstand, wie jeder, und dass seine Suche ein abruptes Ende gefunden hatte, aber gegen fünf zog er doch den Mantel an und verließ das Zimmer. Ein Sommertag, wie es in diesem Jahr viele gab, sonnig, aber mit viel Wind, einem unangenehmen feuchtkalten Wind, der ihm an jeder Ecke, um die er ging, ins Gesicht blies, es waren wenig Leute auf der Straße, eine ältere Frau, die mit dem Hund spazieren ging, ein Auto, das beim Bäcker hielt. Die Straßenbahn, die Metro, dieselben eklektischen Fassaden, die für ihn nicht mehr als eine weiße Wand waren, als er jetzt daran entlanglief.

Im Hausflur hatte der Breitschnauzer eben die Zwischentür entriegelt und sah mit dem Blick eines Scharfschützen durch das Schlüsselloch. »Aha, da ist ja der verlorene…«, sagte er, beendete den Satz aber nicht. Morgan grüßte ihn höflich und erkundigte sich, ob Madame de Hemptinne da sei. Aus der Küche: »Seit über einem Monat sitzt sie da und starrt den ganzen Tag aus dem Fenster, nicht einmal bei André lässt sie sich blicken.«

Lilly wirkte tatsächlich nicht überrascht, als sie ihm öffnete, sie hatte wohl beobachtet, wie er gekommen war. Die

Art, wie sie ihn hereinbat, legte sogar die Vermutung nahe, dass sie ihn erwartet hatte, einen Moment lang dachte er, jemand könnte sie informiert haben, die Polizei konnte ja auch bei ihr vorbeigekommen sein.

»Da sind Sie ja wieder.«

Mehr sagte sie nicht. Er folgte ihr ins Wohnzimmer, stellte sich ans Fenster und wartete, bis sie im Schaukelstuhl beim Fernseher Platz genommen hatte. Die Portraits von André sahen noch immer zu Dutzenden herab auf ihn, aber irgendetwas hatte sich in dem Zimmer verändert, es roch anders, nicht mehr nach dem englischen Tabak, und auch Lilly sah anders aus, weniger erschöpft vielleicht, oder schlug die Behandlung endlich an?

»Wollen Sie sich nicht setzen?«, fragte sie.

In ihm regte sich erneut Widerwille, als sie ihn ansprach mit ihrem unbeirrbaren, bedächtigen, selbstsicheren Ton, auch eine gewisse Geringschätzung klang durch. Aber er würde sich nicht beirren lassen durch sie.

»Wer ist Walter?«, fragte er.

»Walter, ach ja, sind Sie ihm auch auf die Spur gekommen? Sind Sie hier, um mich damit zu belästigen?«

»Warum haben Sie mir nicht erzählt, dass Simona einen Bruder hat? Und dass sie in Wirklichkeit Du Bois heißt, nicht Tremblay?«

Ohne zu antworten, stand Lilly auf und ging ins Schlafzimmer. Sie blieb fast fünf Minuten fort, fünf Minuten, in denen er erwog, den gesamten Hausrat aus dem Fenster zu werfen, die Gemälde in Brand zu setzen, die Gardinen in Fetzen zu reißen und den Fernseher in Stücke zu schlagen. Stattdessen stand er ruhig am Fenster und sah nach draußen auf einen Feuerwehrwagen, der sich seinen Weg durch die in zwei Reihen parkenden Autos bahnte, und eine Frau mit Kinderwagen, die versuchte, ihrem Baby das Schreien auszutreiben. Dabei versuchte er, die Geschehnisse der letzten Stunden ins rechte Licht zu rücken, und kam zu dem Schluss, dass Walter Simona vor ihm hatte schützen wollen. Als sie auf Suaheli aneinandergerieten, ging es vielleicht um ihn. Walter: »Was ist in dich gefahren? Ein Neger?« Simona: »Misch dich nicht ein!« In den wenigen Wochen, die sie bei ihm wohnte, hatte er gesehen, wie empfindlich sie sein konnte, und es überraschte ihn wenig, dass sie nicht unter der Tyrannei dieses Dandys mit seinem Füsiliersschnauzer leben mochte.

Als Lilly zurückkam, hatte sie einen Schal um die Schultern gelegt, ein schlichtes Seidentuch mit einem rotgrünen Motiv.

»Walter, ach, Walter. Tja. Tee?«

»Nein.«

Sie nahm die Teekanne, die auf dem Tisch stand, und schenkte sich eine Tasse ein.

»Sind Sie mir böse?«

»Nein.«

Sie setzte sich wieder. Beinahe hätte er ihr gesagt, wie gut sie aussah.

»Simona ist in Paris«, sagte sie. »Ich habe es vor ein paar Tagen erfahren. Ich habe Sie angerufen, aber Sie sind nicht ans Telefon gegangen.«

»Simona wird verdächtigt, größere Summen in den Kongo geschleust zu haben.«

Sie sah ihn an, und es wirkte nicht so, als würde diese Nachricht sie sehr berühren. Oder sie glaubte ihm nicht. Oder wusste es schon.

»Wer behauptet das?«, fragte sie, nachdem sie etwas Tee getrunken hatte.

»Die Polizei.«

»Die Polizei«, wiederholte sie. Und nach kurzem Nachdenken: »Was sagen sie?«

»Sie suchen sie.«

»Wer sagt denn, dass sie es wirklich ist?«

»Ich. Sie haben mir ein Foto von ihr gezeigt. Kein Zweifel. Und sie fragten mich, ob ich jemanden aus ihrer Familie kenne. Einen gewissen Walter, ihren Bruder.«

»Ach ja, Walter. Was haben Sie geantwortet?«

»Ich kenne Walter, ich habe ihn getroffen, aber ich wusste nicht, dass er Simonas Bruder ist. Der Polizei habe ich gesagt, ich kenne ihn nicht.«

»Das war sehr richtig.«

»Simonas Vater hieß Romain Du Bois. Er ist vor Kurzem in Zürich gestorben.«

Er dachte: Sie fällt mir nicht ins Wort. Zum ersten Mal, seit er sie damals aufgesucht hatte, ließ sie ihn ausreden. Sie sah ihn auch anders an, als schämte sie sich für irgendetwas.

»Kann schon sein. Marianne sprach immer von dem ›Kanarienvogel‹. Simona hat allerdings den Namen ihrer Mutter getragen. Vielleicht hieß sie ja offiziell Du Bois, aber wenn sie irgendwo ihren Namen angeben musste, schrieb sie immer Tremblay. Sie nahm es ihm übel, dass er ihre Mutter im Stich gelassen hatte. Es heißt, er konnte hier nicht leben. Aus Enttäuschung über ein missglücktes Abenteuer. Simona und Marianne haben ihn nicht verstanden. Ich schon, seltsamerweise. Was könnte schlimmer sein für einen Eisenbahningenieur als Züge, die nicht mehr fahren? Alles, was er dort auf die Beine gestellt hatte, ging unter diesem verdammten Mobutu zugrunde.«

»Warum haben Sie mir das nicht erzählt?«

»Was für eine Bedeutung sollte es denn haben?«

»Das muss ich selbst herausfinden.«

»Ich rede nicht gern über Menschen, die ich selbst nicht gekannt habe.«

»Warum lässt sie sich hineinziehen in irgendwelche dunklen Geldgeschäfte?«

»Hineinziehen? Wer sagt, dass sie sich hineinziehen lässt? Sie ist steinreich.«

»Ist mir aufgefallen.«

»Warum haben Sie dann so getan, als ob Sie von nichts wüssten?«

»Wie meinen Sie das?«

»All das Geld, was denken Sie denn, woher es stammte?«

»Keine Ahnung. Ich habe sie nie gefragt.«

»All die Vier-Sterne-Restaurants, die Feiern, auf denen Sie mit ihr waren, die Sachen, die sie Ihnen gekauft hat? Die hat sie von dem bezahlt, was sie von ihrem Vater bekommen hat, oder?«

»Wahrscheinlich.«

»Also haben Sie alles, was Sie beide gemeinsam getan haben, dem Kongo zu verdanken.«

Morgan sah sie verständnislos an.

»Vielleicht haben Sie ja Brüder? Oder Halbbrüder?«, sagte sie, nachdem sie wieder einen Schluck Tee getrunken hatte. Mit einem Mal hatte Morgan den Eindruck, sie sei ihm böse, nicht umgekehrt, weil er irgendetwas getan hatte, das sich nicht gehörte, vielleicht auch, weil er etwas versäumt hatte, das angemessen gewesen wäre.

»Möglicherweise hatte Ihre Mutter das Pech, noch mehr Kinder zu bekommen? In einer Gegend, in der die Männer sich zu Tode graben mussten, um ihre Angehörigen zu ernähren? Für ihre Familie?«

Morgan versuchte wieder, ihren Blick aufzufangen, aber sie hatte den Kopf abgewendet und sah jetzt stur aus dem Fenster.

»Vielleicht haben Ihre Schwestern und Halbschwestern Söhne? Müssen die Jungs jeden Tag durch den kongolesischen Lehm kriechen? Auf der Suche nach den Diamanten, mit denen Simona ihre Launen finanziert?«

Lilly schwieg, sie wendete ihren Kopf und sah Morgan wieder an.

»Sie schauen so ... Glauben Sie mir nicht?«

»Welche Launen?«

»Sie wissen schon, was ich meine.«

»Ich weiß nicht mal, wo ich geboren bin!«, rief Morgan.

»Ach so«, antwortete sie. »Dann wissen Sie's jetzt.«

»Ihr werden illegale Geldgeschäfte vorgeworfen, nicht mir.«

»Dann hat sie wohl die Geschäfte ihres Vaters übernommen. Völlig aus dem Gleis geraten, das Mädchen.«

»Wer ist Walter?«, fragte er, um das Gespräch in eine andere Richtung zu lenken.

»Simonas Bruder.«

»Das weiß ich.«

»Da gibt's nicht viel zu sagen. Ein schrecklich arrogantes Kerlchen. Er ist etwa zehn Jahre älter als Simona. Das einzige Thema, bei dem er mit etwas Verstand mitreden konnte, waren Autos, aber eine Meinung hatte er zu allem. Er war ein paar Mal hier, das war's.«

»Wo steckt er jetzt?«

»Woher soll ich das wissen?«

»Sie wissen doch alles, oder?«

Sie sah ihn enttäuscht an, stand auf, nahm das Telefon und wählte eine Nummer.

»Hallo? Axel? … Ja … Hast du was zum Schreiben? … Walter Du Bois … und Simona … Schon wieder, ja … Gut, dank Dir.«

Sie legte auf und bat Morgan, sich etwas zu gedulden. Vielleicht wolle er sich doch lieber setzen?

Zwei Stunden saßen sie beide im Wohnzimmer, sie im Schaukelstuhl, er auf einer Dreierbank unter einem rubensartigen Gemälde, das André zeigte. Sie sprachen nicht viel mehr als: »Doch etwas Tee?« und »Nein, danke.« Als sie ihren Tee getrunken hatte, nahm Lilly das Fotoalbum vom Beistelltisch und begann, darin zu blättern, ruhig und mit dem Ernst eines Briefmarkensammlers.

Kurz nach zwei wurde die scheinbare Ruhe von einem Anruf gestört, durch den sie informiert wurden, dass Walter und Simona ein Flugzeug nach Kinshasa genommen hatten, wo sich jede Spur von ihnen verlor.

Er machte einen langen Spaziergang, nicht ziellos, eher wie in Trance, Richtung Hauptbahnhof, wo er einen Plattenladen betrat und eine Aufnahme des zweiten Klavierkonzerts von Prokofjew kaufte. Dann ging er nach Hause, legte die Platte auf, streckte sich auf dem Bett aus, zog die Schuhe aus, steckte die Hände unters Kopfkissen und starrte an die Decke. So schlief er ein.

Kurz nach Mitternacht schreckte er auf, weil die Nachbarn über ihm sich anscheinend furchtbar stritten. Morgan kümmerte sich nicht weiter darum, er blieb liegen und sah Bilder vor sich von einem verlassenen Bahnsteig, es nieselte, ein Zug fuhr durch den Urwald, Männer trugen einen Sarg nach draußen, in einem Dorf in der Savanne stampfte eine Frau Maniok.

Er stand auf, nahm den Prokofjew vom Plattenteller und schob das Album in das Regal, in dem er seine Sammlung aufbewahrte – die Musik sagte ihm nichts –, dann legte er eine andere Platte auf und setzte sich an den Tisch. Billie Holiday. Dreizehn war sie gewesen, als ihre Mutter sie zum ersten Mal an einen Freier verkaufte, für fünf Dollar, wie es hieß. Er dachte unaufhörlich an das, was Lilly ihm mittags vorgehalten hatte, und er überlegte, welche ehrliche Entgegnung er auf ihre Vorwürfe geben könnte. Hatte er wirklich vom kongolesischen Reichtum profitiert? Im Treppenhaus oben hörte er einen Mann rufen: »… und die Bohrmaschine kannst du behalten.« Eine Tür fiel krachend ins Schloss, wütende Schritte auf der Treppe, die Haustür knallte zu. Dann nur noch Musik. Getragene, melancholische Musik. Und Lilly, die immer wieder dieselben Einwände vorbrachte. Vielleicht lag es an Billie Holidays Stimme, aber als er so dasaß im schwachen Licht der Straßenlaternen und ihr zuhörte, hatte er das Gefühl, die Fragen, die ihn die letzten Wochen beschäftigt hatten, würden plötzlich wieder auf Normalmaß schrumpfen.

Nach einiger Zeit nahm er einen Müllsack und fing an, den Kleiderschrank auszuräumen. Vielleicht hatte er tatsächlich alles falsch eingeschätzt, hatte sich dumm gestellt, als hätte er in seinem ganzen Leben nicht in den Spiegel gesehen. Was er sah, war deutlich genug, mit Formen, die sich klar vom Hintergrund abhoben. Billie Holiday sang davon, wie sie ihren Mann einmal mit Lippenstiftspuren am Kragen erwischt hatte, und er räumte alle Kleidung aus dem Schrank. Edle Mäntel, Seidenkleider, das lachsfarbene Nachtkleid, Schals, die sie ein einziges Mal getragen hatte, Samtschuhe … Ein Müllsack, ein zweiter, ein dritter. In seinen Augen standen Tränen. Dann die Sachen, die sie ihm gekauft hatte. Stilvolle italienische Dreiteiler, Hemden mit Umschlagmanschetten, Schuhe aus Krokodilleder. Weg! Wie konnte es sein, dass er sich nichts dabei gedacht hatte? Warum war er so leichtgläubig gewesen? Warum hatte er sie nie gefragt, woher sie das Geld hatte?

Bei den Papieren, die er in Walters Haus gefunden hatte, zögerte er. Er ließ den Blick über das Geschriebene schweifen und überlegte, ob er mit den Passagen in Suaheli zu einem Übersetzer gehen sollte. Vielleicht fand er jemanden, der für ein Glas Whisky oder ein Trappistenbier einmal durch den Stapel blätterte und ihm sagte, worum es ging. Eine komplette Übersetzung konnte er ganz sicher nicht bezahlen, aber als Freundschaftsdienst? Vielleicht würde sich zeigen, dass er sich in Walter getäuscht hatte. Vielleicht würde es reichen, die groben Umrisse zu sehen, er musste ja nicht die ganzen Papiere durcharbeiten. Aber schon nach wenigen Seiten war ihm klar, dass er auch die niederländischen Seiten nicht verstand, der Text in Suaheli würde vermutlich kaum mehr Licht ins Dunkel bringen. Simonas Name tauchte nirgends auf.

Schließlich stopfte er alles in den Mülleimer.

Gegen zehn Uhr brachte er die Kleidung in das Sozialkaufhaus, in dem er vor Jahren seine Möbel gekauft hatte, den Sessel aus gelbem Kunstleder, in dem er manchmal einnickte, den schäbigen Tisch mit den vier unterschiedlichen Stühlen, das Bett mit dem bunten Untergestell, in dem Simona geschlafen hatte. Ihre Cremes, die noch im Badezimmer standen, warf er zu Walters Papieren in den Mülleimer, die Zettel mit ihren Notizen und Listen wanderten hinterher. Dann öffnete er das Fenster weit. Die Sieben-Gänge-Menüs konnte er nicht ungeschehen machen, auch nicht die Ausflüge ans Meer und die Feiern, dennoch fühlte er sich schon erleichtert. In diesem Augenblick dachte er, dass Lilly vielleicht recht gehabt hatte, und verfluchte sich selbst für seine Achtlosigkeit.

Als alles aufgeräumt war, setzte er sich ans Klavier – es war schon beinahe Mittag – und spielte. Fats Domino. Seine Version von »There Goes My Heart Again«. Fröhliche Musik, die brauchte er jetzt. Es war eines der Stücke, mit denen er bei jedem Auftritt Erfolg hatte, meistens war es das Stück, bei dem er die ersten lachenden Gesichter sah, Menschen, denen es endlich gelang, die Arbeitsstimmung abzulegen, die sie die ganze Woche über mitgeschleppt hatten, und auch für ihn war das meistens der Augenblick, in dem er vergaß, dass er gerade bei der Arbeit war. Bilder einer Savanne, von der Sonne übergossen, wechselten sich ab mit Erinnerungen an ein unbeschwertes Leben, dessen Ambitionen nicht über den nächsten Morgen hinausreichten. Aber nach einigen Akkorden merkte er, dass es diesmal nicht gelang. Die Gedanken an das, was Lilly gesagt hatte, ließen sich nicht verscheuchen.

Mitten im Stück schlug er das Klavier mit einem Knall zu und ihm wurde klar, dass es nur eine Lösung gab: Er musste der einzigen Frau zuhören, an deren Meinung er niemals gezweifelt hatte.

Er eilte am Blumenstand neben dem monumentalen Eingangstor vorbei, bog rechts ab, die vertraute Schwermut. Ein Dutzend Grabsteine weiter stand ein Mann, die Hände in den Manteltaschen, und starrte auf ein Grab, sonst war niemand in der Nähe. Morgan setzte sich an den Rand von Angelas Grab, aber er fand nicht sofort die richtigen Worte. Er erzählte von Simona, ihren feinen Händen, den Händen einer Klavierspielerin, vom Geruch ihres Parfums und wie der vorwurfsvolle Unterton in Lillys Stimme ihn verunsichert hatte, er sprach von seiner Mutter, begann zu summen, erwähnte kurz den Besuch bei seiner Adoptivmutter, auch seine Nächte in Lillys Lesezimmer, Schemen, Schatten, Stimmen, die aus der Tapete gedrungen waren.

Es tat ihm gut, ohne Vorbehalt sprechen zu können in dieser Ruhe und Stille, die durch nichts unterbrochen wurde als die Glocken einer nahe gelegenen Kirche, das Rascheln der dünnen Laubdecke über den Gräbern, den Flügelschlag einer Krähe. Blitzartig ein Bild der Savanne, ein Mann und eine Frau, wie aus Holz, sie sprachen mit Lilly, eine kurze und ernsthafte Unterhaltung, im Flüsterton, er war zu weit entfernt, um etwas zu verstehen. Seine Adoptivmutter stand auf der Bühne, sie hatte ihren Text vergessen, der alte Mann in den ausgewaschenen Kleidern soufflierte. In der Hand hatte er einen Gehstock, der bis zu den Schultern reiche, ein schriller Schrei, niemand sah auf, niemand sah sich um, ein Junge verschwand in einem Erdspalt. Angela fiel ihm nicht ins Wort, mehr als eine Viertelstunde lang, unnachahmlich, aufatmend.

Und während er mit der einzigen Frau, die ihn verstand, Gedanken austauschte, tauchte in seinem Hinterkopf eine Frage auf, zunächst noch ziemlich vage, vielleicht war sie in einer Sprache gestellt, die er nicht beherrschte, aber dann wurde sie immer konkreter, schärfer, drängender. Eine Frage, die er kaum verstand, ein paar Worte nur, ziemlich verschwommen erst, Konturen, die nach und nach zu dicken roten Buchstaben wurden, die vor Angelas Grabstein auf dem Boden erschienen. Er sah auf die Frage, die Buchstaben, die Worte, und er wusste nicht gleich, was er tun sollte, ganz zu schweigen davon, dass er eine Antwort parat gehabt hätte. Doch die Projektion war deutlich genug, die Buchstaben waren wohlgeformt, die Worte klar, nicht vieldeutig, sie waren in seiner Sprache geschrieben. Vielleicht täuschte er sich? Möglich war es. Möglich war aber auch, dass er sich nicht täuschte, dass ... Nein, er täuschte sich nicht. Er wollte den Mann, der in der Nähe stand, dazurufen und fragen, ob er dieselben Worte vor Angelas Grabstein projiziert sah, ob der Name, der dort stand, tatsächlich ein Name war, aber die Haltung des Mannes war gramvoll, er schien selbst auf der Suche nach Halt zu sein. Oder hatte Angela ihm dieses Mal – nein, das war nicht möglich. Das hieß ...

Ohne Abschied zu nehmen, rannte er zurück, über den Friedhof zum monumentalen Eingangstor, am Blumenstand vorbei, aber statt wie üblich die Straßenbahn zu nehmen, rannte er an die Straße, um ein Taxi heranzuwinken. Auch im Wagen schwankte er zwischen Zweifel und Unsicherheit, hatte er sich alles eingebildet oder war ihm plötzlich an Angelas Grab die Antwort durch den Kopf geschossen? Eine Sinnestäuschung, befördert durch Schlafmangel und Schuldgefühle, oder eine unmissverständliche Botschaft von jemandem, dem er stets vertrauen konnte?

Er bezahlte mit dem letzten Geld, das er in seiner Manteltasche fand, stürmte die Treppe hinauf zu seinem Zimmer und rutschte auf der vorletzten Stufe beinahe aus. Seine Hände zitterten, als er den Schlüssel ins Schloss steckte. Ohne sich weiter um die Kosmetikartikel oder die Apfelschalen zu kümmern, die er in den Mülleimer geworfen hatte, bevor er losgegangen war, holte er den Schwung Papiere wieder heraus, den er bei Walter gefunden hatte. Rechnungen, vollgeschriebene Seiten auf gelbem, verblichenem Papier, hier in blauer Tinte, da mit Bleistift geschrieben. An den Rändern zerfleddert, in der Mitte sorgsam zwischen zwei Zeilen gefaltet, am oberen Seitenrand immer ein Datum. Ende der fünfziger Jahre.

Er begann, darin zu blättern, und staunte erneut über die kaum leserliche, aber kräftige Handschrift ohne Anzeichen von Unsicherheit, selbstgewiss, lange, mäandernde Sätze, mal niederländisch, mal französisch, mal Suaheli, zumindest ging er davon aus, so wie er es auch nachts getan hatte, als er die Papiere in den Mülleimer geworfen hatte. Nur ein Wort fiel ihm auf. Es stand da. Angela hatte sich nicht geirrt. Vleminckx. Oder war es Zufall, dass seine Adoptivmutter gerade diesen Namen aus ihrem Gedächtnis hervorgekramt hatte?

Als er sich wieder gefasst hatte, stellte er sich an die Wand, wo die Fotos hingen, fluchte ein paar Mal laut, dann zog er seinen Mantel wieder an und verließ das Zimmer. Von der Metro in die Straßenbahn. Dieselbe Unruhe. In der Nähe der Louizalaan stieg er aus, und ohne zu wissen, was er sagen sollte, war er doch überzeugt, dass sie ihm Klarheit verschaffen würde. Die eklektischen Fassaden. Niemand auf der Straße, auf dem Weg ein offenes Fenster, durch das Musik aus einem Radio erklang, eine spanische oder portugiesische Sängerin. Er fand es beunruhigend, dass die Fenster und Türen beim Breitschnauzer und seiner Matrone geschlossen waren. Er klingelte, durch die Gegensprechanlage hörte er ihre Stimme, die sagte, er könne hochkommen. Wieder hatte er den Eindruck, dass sie ihn erwartet hatte, er folgte ihr ins Wohnzimmer.

»Wer ist Vleminckx?«, fragte er ohne Umschweife.

»Nie gehört.«

Sie log. Er wiederholte seine Frage nachdrücklicher.

»Wer ist Vleminckx?«

Sie atmete tief ein, bevor sie antwortete.

»Jetzt hören Sie mir mal zu, Jungchen, wenn ich sage, ich habe den Namen nie gehört, dann habe ich ihn auch nie gehört. Verstanden? Und achten Sie etwas auf Ihren Ton.«

Er holte die Papiere raus und zeigte ihr die Stellen, wo er eine halbe Stunde zuvor gut zwanzigmal den Namen Vleminckx unterstrichen hatte. Es war deutlich, kein Zweifel möglich.

»Bei Walter gefunden.«

Die wirre Erzählung seiner Adoptivmutter, in der ebenfalls ein Vleminckx vorgekommen war, erwähnte er nicht.

»Was habe ich mit Walter zu schaffen?«

Er fragte, ob sie verstehe, was da stand. Sie warf einen Blick auf den Text, sagte, er sei unleserlich, außerdem habe sie ihre Lesebrille im Schlafzimmer.

»Lebt dieser Vleminckx noch? Kann ich ihn sprechen? Wissen Sie, wo ich ihn finden kann?«

Er konnte die Missbilligung in ihrem Gesicht erkennen. Sie zögerte kurz, dann stand sie auf, ging ans Telefon, wählte eine Nummer.

»Hallo? Axel? … Ja … Hast du was zum Schreiben? … Jan Vleminckx … Jetzt … Gut, danke.«

»Woher wissen Sie, dass er Jan heißt?«

Sie ging aus dem Wohnzimmer, ohne zu antworten. Er hörte sie irgendwo einen Schrank öffnen, kurz darauf hörte er einen Wasserhahn: Eine Badewanne wurde eingelassen. Dann eine Flasche, die zweimal gegen ein Kristallglas stieß. Wie lange musste er warten? Zehn Minuten? Fünfzehn Minuten? Die Gedanken, die ihm durch den Kopf geisterten, machten es ohnehin unmöglich, einzuschätzen, wie viel Zeit vergangen war. Das Telefon klingelte, er hörte wieder ihre Stimme, konnte aber nicht verstehen, was sie sagte. Sie legte auf, ging in die Küche, öffnete eine Schublade und erschien mit einem Zettel und einem Kugelschreiber im Wohnzimmer. Aus ihrem Gesicht war alle Farbe geschwunden.

»Hier, das ist die Telefonnummer von Vleminckx«, sagte sie.

»Keine Adresse?«

Sie nahm den Zettel zurück. Rue de Ny, Durbuy. Keine Hausnummer.

»Nehmen Sie den Wagen, wenn Sie da hinwollen, heute oder morgen. Mich interessiert es nicht. Der Arzt sagt, ich muss es etwas ruhiger angehen lassen.«

8

Sobald er die Anhöhen der Ardennen erreicht hatte, gab das Autoradio nur noch Rauschen von sich. Der Mercedes war zuverlässig, Morgan musste nicht viel tun oder nachdenken, er folgte einfach den Autos und Lastwagen vor ihm. Ruhigen Herzens legte er sein Schicksal in die Hände eines Autobauers, der die Kunst beherrschte, Design und eine robuste Technik in Einklang zu bringen. Ab und zu überholte ihn ein Fahrer, der es eilig hatte, als müsste er irgendwohin, was Morgan nachdenklich stimmte, schließlich drehten sie doch, wie jeder wusste, alle nur ihre Bahnen um die Erde. Und die Erde bewegte sich selbst in einer Bahn um die Sonne. Oder lag es an der Autobahn, dass die Erde um die Sonne kreiste? Gab es vielleicht eine unauflösliche Verbindung zwischen der Autobahn, der Erde und der Sonne?

»Stopp!«, wollte er den Fahrern zurufen, die an ihm vorbeirasten, doch das ging natürlich nicht. Man durfte gar nicht anhalten auf der Autobahn. Immer weiterfahren musste man, sein Leben lang, man kam nicht mehr runter. Wenn die Zeit zu Ende ging, konnte niemand mehr genau sagen, wo er auf die Autobahn gefahren war, wo alles begonnen hatte, was eigentlich der Anlass gewesen war für die ganze Unruhe.

Er hatte Vleminckx natürlich nicht angerufen. Was hätte er sagen sollen: »Hallo, hier spricht Morgan …« Mit welchem Ereignis der letzten Wochen hätte er in das Telefonat einsteigen sollen? Mit dem Neujahrsmorgen? Ob er ihm vielleicht etwas über Simona erzählen könne? Oder sollte er bei seiner Adoptivmutter anfangen, die in ihrer wirren Geschichte einen Namen hatte fallen lassen, der seinem ähnlich klang? Sollte er erwähnen, dass er die Nummer von Lilly hatte? Oder den Schwung Papiere von Walter, in denen Vleminckx' Name erwähnt wurde? Ob er wusste, wer Walter war? Nein, er wollte Vleminckx sehen. Er hatte keine Ahnung, was genau er ihn fragen sollte, aber er zweifelte nicht daran, dass ihm Fragen einfallen würden, sobald er ihm gegenüberstand.

Kurz vor einer Brücke, die über ein tiefes Tal führte, wehte ein stramm aufgeblähter Windsack. Etwas weiter eine Tankstelle. Der Laster vor ihm bog ab. Anscheinend verließ er die Autobahn, für einen Moment, eine kurze Pause, dann weiter, immer weiter und weiter, ohne auch nur einen Millimeter voranzukommen. Er kurbelte das Fenster runter, die frische Luft war angenehm. Von Lilly hatte er sich nicht verabschiedet, sie hatte sich umgedreht und war ins Bad gegangen.

Da. Nun doch eine Abfahrt. Wohin? Der Name sagte ihm nichts, er hatte noch ein ganzes Stück vor sich. Offensichtlich wurde diese Ausfahrt von niemandem genutzt, es standen nirgends Häuser, ganz zu schweigen von einer Ortschaft. Er fuhr hinter einem Lastwagen, der versuchte, einen anderen Lastwagen zu überholen. Auf der dritten Spur fuhr ein Sportwagen in hoher Geschwindigkeit vorbei. So geht's auf der Autobahn um die Welt. Nur ein Einziger schien zu begreifen, dass Geschwindigkeit nicht zählte. Er konnte einfach immer weiterfahren.

Oder doch nicht?

Es dauerte einen Augenblick, bis die Frage zu ihm durchdrang.

Warum sollte er immer weiterfahren müssen?

Er fuhr auf den Seitenstreifen, hielt an, blickte in den Rückspiegel, in der Ferne näherte sich ein Auto. Noch weit genug entfernt. Mit einer geschmeidigen Bewegung wendete er den Mercedes. Er fuhr gegen die Fahrtrichtung zurück zu der Abfahrt, an der er eben vorbeigekommen war. Die Autos, die ihm entgegenkamen, warnten ihn per Lichthupe, die Fahrer gestikulierten wild, wichen auf die zweite und dritte Fahrbahn aus, als wäre er verrückt. Ihm schien das Gegenteil zutreffend. Er war Luft geworden, unbestimmt, allgegenwärtig, er lebte, er atmete wieder, er dachte an seine Mutter, die vielleicht schon vor einigen Jahren gestorben war. Hatte sie noch an ihn gedacht? Hatte sie je mit jemandem darüber gesprochen? Mit jemandem die Erinnerung an den Tag geteilt, an dem er geboren wurde? Noch ein Stück, dann verließ er die Autobahn über die Abfahrt.

»Rue du Village« stand auf dem ersten Straßenschild, das er sah. Hier also fing sein neues Leben an. In einer schlichten Dorfstraße. Gras, Felder, das meiste war schon abgeerntet. Nirgends war jemand auszumachen, keine Autos, keine Radfahrer, keine Traktoren. Er war allein. Er war ein Neger, der in einem schwarzen Mercedes eine Dorfstraße entlangfährt, mit unbekanntem Ziel. Nur er kannte sein Ziel. Er hatte es selbst gewählt. Eine Anomalie, aber kein Irrweg. Zum ersten Mal wusste er, wohin er wollte. Besser gesagt: Er war sich sicher, dass er schon bald ein Verkehrsschild entdecken würde, das ihm den richtigen Weg wies.

Es gab keine Verkehrsschilder, aber an einer Kreuzung stand ein Mann, ein alter Bauer. Er trug eine verschlissene Wildledermütze, wie man sie manchmal bei Pferdeliebhabern sah, auf der Schulter eine Mistgabel. Morgan erkundigte sich bei ihm, wie er nach Durbuy komme. Der Bauer wollte ihn auf die Autobahn zurückschicken, aber er sagte, er wolle über Land fahren.

»*Alors*«, sagte der Bauer, »*dans ce cas-là …*«, und er begann, Morgan umständlich zu erklären, wie er am besten fahren sollte. »*Deux heures d'ici, minimum*«, fügte er hinzu, zwei Stunden, selbstverständlich nur, wenn Morgan nicht vom Weg abkomme. Morgan bedankte sich bei dem Bauern und setzte die Fahrt fort. Der Weg wand sich, alle hundert Meter änderte sich die Aussicht, er fuhr durch ein Dorf, über eine Brücke, vorbei an einem Gut mit Dutzenden Landmaschinen auf dem Hof, wich in der letzten Sekunde einem Hund aus.

Sobald er mit Vleminckx gesprochen hatte, konnte er sich eine Pension suchen. Es war dann nur noch eine Frage der Zeit, eine neue Unterkunft zu finden, eine andere Arbeit, eine »richtige Arbeit«, wie seine Adoptivmutter es immer genannt hatte. »Nur wer einer richtigen Arbeit nachgeht, führt ein anständiges Leben«, hatte sie stets behauptet. In finanzieller Hinsicht war sein Leben eine einzige Katastrophe, er konnte die Miete für sein Zimmer kaum noch aufbringen, sein Klavier hätte schon seit Monaten gewartet werden müssen. Vorarbeiter auf einem Bauernhof? Eine geschickte Arbeitskraft konnte doch wohl jeder Bauer brauchen, oder? War es nicht sehr wahrscheinlich, dass alle in seiner Familie vom frühen Morgen bis weit nach Sonnenuntergang ihre Äcker bestellten? Tagein, tagaus, ungeachtet des Wetters und der Jahreszeit. Andere Pflanzen, selbes Prinzip. Ein paar Jahre, dann konnte er ein Stück Land erwerben. Vielleicht kam er so dem Leben seiner Blutsverwandten am nächsten. Keine Ländereien, keine endlos sich ausdehnenden Obstgärten oder Weizenfelder, nur etwas Kleines, gerade groß genug, um nicht mehr von anderen abhängig zu sein.

Ob es noch kleinere Straßen oder Wege gab, die ihn nach Durbuy führten? Feldwege, Sandwege? Oder würden die den Mercedes unnötig malträtieren? Es war noch früh am Tag, wenn er sich verfuhr, konnte er immer noch wenden. Eigentlich musste er gar nicht fürchten, falsch zu fahren, wo er landete, war sein Ziel. Er bog in eine Kopfsteinpflasterstraße und landete in einer Rue du Champs. Von der Dorfzur Feldstraße, das klang vielversprechend. An beiden Seiten des Weges stieg eine hohe Böschung auf, darüber Pfosten und Stacheldraht, und über allem ein graublauer Himmel. Die Geschwindigkeitsanzeige bewegte sich eher durch die Unebenheiten des Wegs als durch die Geschwindigkeit, dann endete die Kopfsteinpflasterstraße und ging in einen Feldweg über, der etwas weiter auf offenem Feld endete, wo er den freien Ausblick über die Umgebung genießen konnte.

Er dachte an den Abend, als er mit Simona auf dem Betonskelett gestanden und über die Stadt geblickt hatte, den Abend, an dem er zum ersten Mal jemandem erzählt hatte, dass er sich nirgends zu Hause fühlte, den Abend, als Walter plötzlich hinter ihnen aufgetaucht war. In großer Entfernung – wenn sein Orientierungssinn ihn nicht trog, in der Richtung, aus der er gekommen war – sah er einen Kirchturm, ein paar rote Dächer und eine Herde Kühe, in die andere Richtung beschränkte sich die Aussicht auf Wälder und Felder. Er hielt an, stellte den Motor aus und stieg aus. Er hatte keine Ahnung von Vögeln, aber er hörte dreierlei verschiedenen Gesang. Und Insekten. Blätterrascheln.

»In Einklang mit der Natur leben.« Er hatte nie verstanden, was seine Adoptivmutter damit meinte. Was wohl seine Mutter darüber denken würde? Eine Mutter, die Geschichten kannte, eine Mutter, die vielleicht weithin bekannt war, weil sie ein traditionelles Gericht auf besondere Art zubereitete, die man vielleicht für ihren Gesang schätzte, die prächtige Skulpturen aus Holz schnitzte, die jeder verehrte, weil sie so freigebig war. Was hatte er von ihr geerbt? Vermutlich wüsste er es, wenn ihn nicht eine Nonne – plötzlich dachte er, es musste eine Nonne gewesen sein – in ein Flugzeug gesetzt hätte. Warum eine Nonne? Eine weiße Nonne mit runzligem Gesicht und einem falschen Unterton in der Stimme, als sie ihm zusprach, keine Angst zu haben, ihr zu vertrauen. Er konnte niemandem vertrauen. Bevor er in das Flugzeug stieg, umarmte sie ihn sogar – wo kam das plötzlich her? Seitdem: eine besondere Form von Flugangst, ganz anders als bei Leuten, die fürchteten, dass ihr Flugzeug abstürzt.

Auf der linken Seite des Weidelandes, auf dem er gelandet war, entdeckte er etwas, das aussah wie ein Durchgang zwischen zwei Maisfeldern. Er stieg wieder in den Wagen und fuhr los. Vorsichtig fuhr er über das Feld auf den Durchgang zu. Der war mit einem einfachen Tor versehen, das aber nicht abgeschlossen war. Es lag an ihm, ob er anhielt oder weiterfuhr. Er öffnete das Tor und nahm den schmalen Weg, der dahinter weiterführte. Der Weg wurde gelegentlich genutzt, das konnte er an den Reifenspuren erkennen, zwischen denen hohes Gras stand. An beiden Seiten Mais, sonst war nichts zu sehen.

Nach hundert Metern endete der Weg an einer Wand ausgewachsener Maisstauden. Zwei Meter hoch. Er hielt an, zögerte, aber dann fuhr er in das Maisfeld, geradewegs durch die Wand, über die grünen Halme, die unter dem Druck des Mercedes nachgaben. Er konnte nicht erkennen, wohin sein Entschluss ihn führte, er versuchte, geradeaus zu fahren, merkte, dass es bergab ging. Wie lange? Zwei Minuten? Drei Minuten? Nicht länger.

Plötzlich endeten die Stauden, und er stand am Rand der Autobahn. Keine Leitplanke, sondern direkt der Seitenstreifen. Er spürte die Tränen über seine Wangen rinnen, es blieb ihm nichts anderes übrig, als sich einzureihen und bis zur nächsten Abfahrt weiterzufahren.

Dörfer, Weiler und Ortsnamen, die wie Todesurteile klangen, ihm ansonsten aber nichts sagten, wechselten sich in dichter Folge ab. In Marche verließ er die A4 und nahm die N4.

Am Anfang der Straße erklärte ihm ein Mann in einer schwarzen Soutane, wo er das Haus finden würde, ein graues Schieferhaus, ein fernöstlicher Vorgarten mit glatten Steinen, rechts ein Anbau aus Holz, vier Fenster, zwei Haustüren. Er fuhr daran vorbei und fragte sich, wozu es zwei Haustüren gab. Etwas weiter wendete er, fuhr zurück und parkte den Wagen vor dem Haus. Ohne dass er geklingelt hatte, erschien eine Frau in der Tür, Mitte, Ende dreißig, mit den Muskeln einer Bauerntochter und den gleichen langen blonden Haaren wie Simona. Wie Angela.

»Kommen Sie wegen des Schornsteins?«, fragte sie.

Er antwortete, dass er Vleminckx suche.

»Entschuldigung«, sagte sie. »Ich habe Sie verwechselt. Um diese Zeit finden Sie ihn wahrscheinlich im Büro.«

Sie beschrieb ihm, wo er das Rathaus finden konnte, ein Platz mit jungen Bäumen, genau gegenüber von einem Café, das vielleicht schon geöffnet hatte. Am Balkon über dem Eingang die belgische Fahne. Er könne es gar nicht verfehlen.

Es war ein stattliches Gebäude mit einer typischen Neunzehntes-Jahrhundert-Fassade und einem Parkplatz für drei Autos. Die Dame am Empfang fragte, ob er einen Termin beim Bürgermeister habe, nahm das Telefon, wählte eine Nummer, drei Ziffern, und meldete den Besucher. Als sie den Hörer aufgelegt hatte, sagte sie, Herr Vleminckx erwarte ihn. Erster Stock, die erste Tür links.

Die Stufen der Holztreppe waren abgetreten, aber das war nur ein unbedeutendes Detail. An der Tür hing ein Schildchen mit der Aufschrift »J. Vleminckx – Bürgermeister«, aus dem Zimmer daneben hörte er das Klappern einer Schreibmaschine.

Morgan klopfte, und sofort rief eine Männerstimme hinter der Tür, er möge hereinkommen. Er betrat ein geräumiges Zimmer mit einem gewaltigen Louis-quatorze-Schreibtisch in der Mitte, auf dem ein Papierstapel von einem halben Meter Höhe lag. An der Wand zwei gemalte Portraits von Herren, die wahrscheinlich Vorgänger des Bürgermeisters waren. Es war das Zimmer, das auf den Balkon führte, vor dem Fenster schlug die belgische Trikolore gegen den Fahnenmast. Vleminckx sah aus, als wäre er siebzig, hatte sein weißes Haar streng nach hinten gekämmt und trug ein sportliches Hemd mit einem Einstecktuch in der Brusttasche. Ein scharfes Gesicht, breite Stirn, spitzes Kinn und Augen, die sofort verrieten, was in ihm vorging. Obwohl es im

Zimmer kühl war, hatte er die Hemdsärmel hochgekrempelt. Er sah von seinen Papieren auf, legte seinen Füller ruhig auf die Schreibfläche und lehnte sich zurück.

»Setzen Sie sich. Wie kann ich Ihnen behilflich sein?«, fragte er mit einer Stimme, die Morgan an das Bellen eines Labradors erinnerte.

Morgan sagte, er sei auf der Suche nach Informationen über einen gewissen Romain Du Bois. Der Bürgermeister setzte sich kerzengerade hin, schraubte die Kappe auf seinen Füller, dachte lange nach, tat, als versuche er, in seinem alten Hirn die Kombination von Vor- und Nachnamen unterzubringen, schüttelte aber schließlich den Kopf.

»Romain Du Bois? Nein, der Name sagt mir nichts. *Rien du tout.* Können Sie mir Genaueres sagen?«

Mit einer Handbewegung lud er Morgan erneut ein, auf einem der beiden Stühle ihm gegenüber Platz zu nehmen.

Morgan setzte sich und fragte: »Simona Du Bois? ... Simona Tremblay?«

»Auch nichts.«

»Walter Du Bois? Walter Tremblay? Marianne Tremblay?«

Bei jedem Namen dachte der Bürgermeister einige Augenblicke nach, um schließlich doch zu sagen: »Nie gehört.«

»Lilian de Hemptinne? Oder ihr Mann: André?«

»Nein, tut mir leid.«

Morgan versuchte es auch mit den Namen seiner Adoptiveltern und zeigte ein Foto von Simona, das er bei Lilly gefunden hatte, aber jedes Mal schüttelte der Mann den Kopf.

»Haben diese Menschen Ihnen etwas angetan? Leben Sie hier im Dorf?«, fragte er. »Aber nein, dann würde ich Sie kennen.«

Wollte er ihm nicht helfen? Diesen Eindruck hatte Morgan, also änderte er seinen Ansatz, er lächelte und sagte: »Ich schreibe ein Buch über die Unabhängigkeit des Kongo.«

Sofort veränderte sich der Ausdruck in Vleminckx' Gesicht. »Aha, *l'indépendance*«, wiederholte er, langsam und kaum hörbar. »Aber Sie sind so jung.«

Morgan beschloss, darauf lieber keine Antwort zu geben. Der Mann schien die Verzweiflung in Morgans Gesicht bemerkt zu haben, denn er fügte hinzu: »Sie sind wohl der vierte oder fünfte Journalist, der mit mir darüber sprechen will, seit ich zurück bin aus dem Kongo. Ich komme mit dem Zählen nicht mehr nach. Aber ich konnte niemandem helfen. *On oublie*, wissen Sie?«

»Ich will Sie nicht lange aufhalten, nur ein paar Fragen stellen, falls Sie ...«

»Aber natürlich, legen Sie los, mit größtem Vergnügen.«

»Im Archiv der Nationalbibliothek habe ich Dokumente gefunden, in denen Ihr Name erwähnt wurde. Sie waren zu dieser Zeit in ...«

Aus der Innentasche holte Morgan ein Notizbuch und blätterte darin, als suche er etwas.

»Bukavu«, sagte der Bürgermeister.

»Richtig. Bukavu.«

»Bukavu, ja, ja. Neun Jahre war ich da unten.«

Morgan musste vor allem ruhig bleiben, bloß nicht in Panik geraten, einfach ruhig zuhören, was Vleminckx zu sagen hatte. Vielleicht dann und wann eine Frage stellen, eher um das Gespräch in Gang zu halten, als um ihm eine neue Wendung zu geben. Vielleicht würde er doch etwas sagen, an das Morgans Erinnerungen anknüpfen konnten.

»Ah, *l'indépendance*«, seufzte der Mann. »Wie schade, dass Sie nicht ein paar Wochen früher gekommen sind.«

Morgan hätte ihm gern geantwortet, dass sein ganzes Leben eine Aneinanderreihung von Verspätungen sei, dass er geboren sei, um zu spät zu kommen, aber der Mann war schneller: »Ich war heute Morgen bei einer Beerdigung in einem Weiler ganz in der Nähe. Ein Mann, der Ihnen über diese Periode wahrscheinlich alles hätte erzählen können, was

Sie wissen wollen. Jemand, der wirklich überall dabei war und jeden dort persönlich kannte. Er hatte eine Bar. Am Samstagabend wurde dort oft getanzt.«

Er strich sich mit den Fingern durchs Haar.

Morgan fragte: »Ein Kollege von Ihnen?«

»Mehr als das. Ein Freund.«

Er kämpfte offensichtlich gegen eine Gefühlsaufwallung an.

»Mein Beileid«, sagte Morgan.

»*Oui, c'est triste.* So verschwindet die Vergangenheit. Geräuschlos. Nur ein Atemzug.«

Morgan fürchtete, der Bürgermeister würde in Tränen ausbrechen, und fragte: »Waren Sie schon vor der Unabhängigkeitserklärung dort?«

»Vorher und nachher. Was soll ich Ihnen erzählen über die verdammte Unabhängigkeit? Ich war vor Kurzem noch einmal da. Das Erste, was sie mich gefragt haben, war: ›Die Unabhängigkeit, *patron,* wann ist die denn wieder vorbei?‹ Damit ist alles Wichtige gesagt, oder?«

»Ich verstehe, was Sie meinen«, sagte Morgan, obwohl er kein Wort verstand.

Der Mann wartete kurz, dann sagte er: »Ich esse mittags normalerweise in dem Restaurant gegenüber. Ich würde Sie gern einladen.«

Es war erst kurz nach elf. Morgan hatte noch keinen Hunger, begleitete ihn aber in das Café, in dem er eine Stunde vorher schon gewesen war, um eine Tasse Kaffee zu trinken.

»Ich esse meistens schon um diese Zeit Mittag, um das Gedränge in der Mittagszeit zu umgehen«, sagte der Bürgermeister, als sie sich an einem Tisch am Fenster niedergelassen hatten. »Üblicherweise hier. Die Dorfbewohner wissen, dass sie mich zu dieser Zeit hier finden können. Diese Angewohnheit hatte ich da unten auch schon. Wir standen um sechs auf. Gegen elf hielten wir es nicht mehr aus.«

Die Wirtin brachte ihnen sofort eine Karaffe Rotwein und fragte: »Zweimal das Tagesgericht?«

»Prima«, sagte Vleminckx, ohne sich mit Morgan zu besprechen.

Der Mann füllte die beiden Gläser, dann erkundigte er sich: »Worum geht es in Ihrem Buch genau?«

»Das Leben zur Zeit der Unabhängigkeitserklärung.«

Der Mann nickte, in seinen Augen lag Bewunderung, und noch bevor Morgan etwas sagen konnte, begann er, völlig unzusammenhängende Anekdoten aus den neun Jahren hervorzukramen, die er in der einstigen Kolonie verbracht hatte. Aus dem, was er erzählte, nahm Morgan nur mit, dass ihm vor allem viel Liebe widerfahren war.

Die Wirtin brachte ihnen eine Tasse Suppe und wünschte guten Appetit.

»Waren Sie je in den Diamantenminen?«, fragte Morgan.

Der Mann schüttelte den Kopf und antwortete, dass die Minen nicht in seine Zuständigkeit gefallen seien. Er sei nur ein einfacher Beamter gewesen. Die Minen bekamen ihre Anordnungen direkt aus Brüssel. In den Minen hatte er nichts zu melden, und man wollte ihn dort auch nicht sehen.

»Im Kongo war alles möglich«, sagte er. »Zu jeder Regel gab es eine Ausnahme. *L'exception, c'était la règle.*«

»Ich habe gehört, dass die Diamanten mit Lastwagen in die Nachbarländer gebracht wurden«, sagte Morgan.

»Ach ja, auch das ist der Kongo. *Franchement*, wenn ich Ihnen einen Rat geben darf: Sie sollten nicht alles glauben, was über den Kongo erzählt wird.«

Ein Mann mit einem dünnen Oberlippenbärtchen fragte, ob er kurz stören dürfe. Das Gespräch drehte sich um eine Weide, durch die ein Weg führte, den der Eigentümer eines angrenzenden Grundstücks versperrte. Nachdem Vleminckx den Mann mit dem Versprechen abgespeist hatte, der Sache nachzugehen, sagte er: »Probleme mit Weideland. Wie viele

Stunden habe ich im Kongo darauf verwendet? Immer wieder das Gerede über Weiden. Die Kuh vom einen hat das Gras vom anderen gefressen.«

Mit einem Mal fragte sich Morgan, ob er Vleminckx glauben konnte, war er überhaupt jemals im Kongo gewesen oder saß er da im Restaurant und dachte sich irgendetwas aus?

Er fragte: »Was passierte eigentlich mit Kindern, bei denen die Mutter Kongolesin und der Vater Belgier war?«

Der Mann war keineswegs überrascht, dass Morgan diese Frage stellte.

»Die kamen nach Save«, antwortete er prompt. »Zu den Weißen Nonnen. Les Sœurs Blanches d'Afrique.«

»Wohin?«

»Save. Butare, Ruanda. Weit weg, auf der anderen Seite vom See.«

»Wirklich?«

»Ja. Die Männer konnten ihre Kinder nicht selbst großziehen. Oft hatten sie auch schon Kinder mit einer belgischen Frau und wollten nicht, dass ihr Nachwuchs viel Zeit mit einem Halbbruder oder einer Halbschwester verbrachte.«

»Das kann ich verstehen.«

Vleminckx wischte sich den Mund ab, sah Morgan plötzlich ganz genau an mit seinen dunklen Augen und fuhr fort: »Und später, *après l'indépendance*, ab in den Flieger. Zur Adoption in eine belgische Gastfamilie. Man musste ja vermeiden, dass die belgischen Gene verwildern, sobald die Zivilisation wieder verschwand.«

»Die weißen Kinder durften bei ihrer Mutter bleiben.«

»Ja. So lief es damals. *Qu'est-ce que vous voulez*?«

Es klang, als wollte er sich dafür entschuldigen. Die Wirtin kam, um die Suppentassen abzuräumen, und stellte ihnen einen Teller mit Ochsenzunge in grüngelber Sauce hin.

»Das ist eine Spezialität des Dorfes, *une délicatesse*«, sagte der Bürgermeister. »Ich hoffe, Sie mögen es.«

Morgan versuchte sich vorzustellen, was die Männer seines Klans in diesem Augenblick aßen, redete sich ein, auch bei ihnen sei Ochsenzunge eine Leckerei, und nahm einen kräftigen Bissen.

»Sehr lecker«, sagte er, als er das erste Stück Fleisch runtergeschluckt hatte.

Einen Moment aßen sie stumm. Dann fragte Morgan: »Waren Sie mal bei den Weißen Nonnen?«

»Einmal«, antwortete der Mann. »Aber ich weiß nicht mehr viel davon.«

Morgan fragte sich, ob der Mann vielleicht selbst einen Sohn oder eine Tochter hatte, die dort aufgewachsen war. Hatte er ein kleines Halbblut in die Obhut der Nonnen gegeben? Was war später mit dem Jungen oder dem Mädchen passiert? Hatte er seinen Sohn oder seine Tochter ins Dorf mitgebracht?

»Haben Sie Kinder?«

»Das ist eine merkwürdige Frage. Ich habe einen Sohn, aber wir sehen uns nie. *Disparu. Comme un rêve.*«

»Tut mir leid. Ich wollte Sie …«

»Kein Problem, macht nichts. Haben Sie denn Kinder?«

»Nein.«

»Sie sind jung«, sagte der Mann schon zum zweiten Mal.

Die Wirtin schaltete das Radio an, zufällig kam ein Stück von Fats Domino.

»Ich habe zu Hause ein paar Dokumente, die für Sie interessant sein könnten. Ich habe sie noch nie jemandem gezeigt, aber ich vertraue Ihnen. Sind Sie mit dem Auto da?«

Als sie fertig waren, bezahlte er und sie fuhren zu dem grauen Schieferhaus mit dem asiatischen Vorgarten. Drinnen erinnerte nichts an die Vergangenheit des Mannes in der Kolonialzeit. An der Wand und auf dem Schrank gab es nur Familienfotos. Die Frau, die ihn einige Stunden zuvor für den Schornsteinfeger gehalten hatte, brachte ihm ein Glas eiskalten Tee. Der Bürgermeister kam mit einer großen Archivbox zurück, die er auf den Couchtisch stellte, und begann darin zu kramen. Dokumente in allen möglichen Formaten, einige mit Foto, oft oben oder unten mit einem roten, schwarzen oder grünen Stempel versehen.

»Ich möchte Ihnen etwas zeigen, das Sie interessieren wird«, sagte er, während er durch die Papiere blätterte.

Im Briefkopf eines Dokuments erkannte Morgan die Flagge von Zaire, ein anderes Papier trug das Emblem des Königshauses, ein Text war als vertraulich gestempelt.

»Wir waren oft wochenlang allein unterwegs, verstehen Sie? Auf Dienstreise. Wir waren manchmal wochenlang im Busch, ohne unsere Familien, oft war kein anderer Weißer in der Nähe, wir waren dem Ungeziefer und bizarren Krankheiten ausgeliefert.«

Er legte ein Foto auf den Tisch, das einen Mann zeigte, der in die Kamera lachte, während er auf einem der typischen Schlammwege des kongolesischen Binnenlandes einen Reifen reparierte.

»Wir mussten alles selber machen.«

Seine Stimme klang auf einmal vorwurfsvoll, dennoch hatte Morgan den Eindruck, dass er das Abenteuer genossen hatte.

»*L'indépendance*, ach, was für ein Schauspiel. Großes Drama in Léo, aber im Binnenland wusste niemand, was überhaupt los war.«

Morgan fand es rührend, dass der Mann immer noch Léo sagte statt Léopoldville oder Kinshasa.

»Wir im Binnenland haben nur zugesehen, wir haben im Radio gehört, wie über unser Leben entschieden wurde. Wie die Hauptdarsteller in Léo und Brüssel unser Leben zerstörten. Das Resultat war desaströs für die Hauptdarsteller, die Statisten, die Zuschauer und das gesamte Theater. *Un désastre, vous m'entendez, une catastrophe.*«

Die Enttäuschung.

»Nein«, sagte er. »Ich kann nicht finden, was ich suche.

Es muss verschwunden sein im Laufe der Jahre. Wahrscheinlich die Geister der Ahnen. Glauben Sie an Geister? *Des esprits?*«

»Nein.«

»Zu Unrecht. Es gibt sie.«

Er hatte das Ende des Papierstapels erreicht und fing noch einmal von Neuem an.

»Dazu kam noch, dass wir fast allmächtig waren. Wir konnten tun und lassen, was wir wollten. Über uns wachte nur der Herr. Und der hielt den Mund, wenn wir unsere Befugnisse überschritten.«

Er blickte auf, bevor er weiterredete: »Wenn wir in ein Dorf kamen, um dort zu übernachten, und sagten, dass wir dieses oder jenes wollten, dann konnte kein Stammesältester es uns verweigern, verstehen Sie?«

Morgan nickte, auch wenn er vieles nicht verstand, das der Mann sagte. Es überraschte ihn nicht. Genau deshalb saß er ihm ja gegenüber, weil er eben so vieles in seinem Leben nicht verstand.

»Sie haben vorhin gesagt, dass sie vor Kurzem noch einmal im Kongo waren. Haben Sie viele Menschen wiedergesehen, die Sie aus der Zeit kannten, als Sie dort gearbeitet haben?«

»*Non.* Auch die Zeit hat inzwischen ihr Werk verrichtet«, antwortete er und blätterte ruhig weiter durch die Papiere. »*Le temps, c'est un ennemi.* Die Zeit ist ein Feind.«

Auch das verstand Morgan nicht. Aber warum sollte er den Mann um eine Erklärung bitten? Von ihm hatte er doch nur eine vage Antwort zu erwarten. Es war besser, sich bei ihm nach konkreten Tatsachen zu erkundigen.

Vleminckx sah auf und sagte, als habe er das Unverständnis in Morgans Gesicht bemerkt: »Es hat sie fünfzig Jahre gekostet. Und am Ende haben sie alles verwüstet. Erst die Züge, die Gleise, die Bahnhöfe und jetzt auch die Menschen.«

Wie kam er plötzlich auf die Eisenbahn? Hatte er vielleicht doch, ohne es selbst zu merken, den Eisenbahningenieur vor Augen gehabt? Hatte er Morgan zu Beginn des Gesprächs nicht vertraut? Hatte er aus diesem Grund behauptet, der Name sage ihm nichts?

Morgan wurde klar, dass er nicht aufgeben durfte.

»Haben Sie in dem Bezirk, in dem Sie beschäftigt waren, nie einen gewissen Romain Du Bois getroffen?«, fragte er, ein bisschen nachdrücklicher als beim ersten Mal.

»Wo?«, fragte Vleminckx, wobei er konzentriert ein Blatt Papier studierte, auf das eine lange Liste mit Namen gedruckt war.

»In der Gegend, wo Sie gearbeitet haben. Er war als Ingenieur für den Eisenbahnausbau im gesamten Kongo verantwortlich.«

Der Mann steckte das Papier zurück zu den übrigen.

»Er stammte aus Lüttich, seine Frau hatte er in Brüssel kennengelernt, Marianne.«

Morgan sah, dass Vleminckx sich bemühte, sich so weit wie möglich zurückzuerinnern, aber schließlich schüttelte er bedauernd den Kopf.

»Romain Du Bois, ein Eisenbahningenieur aus Lüttich? Bei uns tätig?«, wiederholte er. »Nein, der Name sagt mir nichts.«

Morgan entschied sich, den Namen seiner Adoptivmutter nicht zu erwähnen, zeigte dem Mann aber die Papiere, die er bei Walter gefunden hatte, in denen der Name des Bürgermeisters einige Male erwähnt wurde. Der sah sich das Dokument lange und aufmerksam an.

»Das ist zu lang her, der Mensch vergisst so schnell, aber das ist eindeutig mein Name. Haben Sie vielleicht ein Foto von diesem Du Bois?«

»Nein.«

»Der Name sagt mir nichts. Es tut mir leid. Ende 1958 fuhren allerdings bei uns in der Provinz keine Züge mehr.

Unser Streckenabschnitt sollte eigentlich Teil der Eisenbahnlinie Kairo–Kapstadt werden. Ein schönes Beispiel unseres Ehrgeizes, aber es ist nie zustande gekommen.«

Zwei Stunden, nachdem er sich von Vleminckx verabschiedet hatte, lief er durch den Park bei der Seniorenresidenz, mit alten Laubbäumen, vor allem Eichen, und einem Teich, in dem Enten und ein Pärchen schwarzer Schwäne schwammen. Die orange Glut des Herbstes hing schon über den Bäumen, ein leichter Wind streichelte das Laub auf dem Weg, der Park lag verlassen da, es war mitten in der Woche, kein Mensch war unterwegs. Im Gegensatz zur Gegend von Durbuy konnte sich der Norden des Landes eines freundlicheren Wetters erfreuen.

Ohne Eile schob er den Rollstuhl auf eine Bank zu, wo seine Adoptivmutter die Ruhe der Natur genießen und die Schwäne beobachten konnte. Sie trug ein blaues Kleid mit Wölkchenmuster, darüber einen hellbraunen pelzverbrämten Mantel. Bei seinem letzten Besuch war ihm nicht aufgefallen, dass sie keine Ringe trug. Dafür ein silbernes Band am Handgelenk. Was war mit ihrem Ehering passiert?

Als er ihr Zimmer betreten hatte, hatte sie auf dem Bett gelegen, sie hatte aufgesehen und in dem, was von ihrem Gedächtnis übrig war, nach einem Anknüpfungspunkt gesucht. Er hatte sogar kurz den Eindruck, dass sie ihn erkannte.

»Hallo, Mama.«

Sie entgegnete: »Wer hat gewonnen?«

»Gewonnen?«

»Warst du nicht beim Kartenspielen?«

In dem Moment war die finnische Pflegerin ins Zimmer gekommen, die ihm beim letzten Mal Auskunft gegeben hatte, und sie hatten seine Adoptivmutter gemeinsam für einen Spaziergang bereitgemacht. Die Pflegerin hatte ihm geholfen, ihr die Schuhe anzuziehen, und hatte ihr auch eine handgestrickte Wollmütze aufgesetzt. Als sie zusammen das Zimmer verließen, hatte ihn die Pflegerin gebeten, nicht zu lange fortzubleiben, höchstens eine Stunde.

»Sie ist es nicht mehr gewöhnt, an der frischen Luft zu sein«, hatte sie gesagt. »Außerdem wird gegen fünf Uhr das Abendessen aufgetragen.«

Seiner Adoptivmutter schien es ziemlich egal zu sein, sie hätte wohl genauso gern auf der Veranda gesessen, aber das begriff Morgan erst, als er sie schon im Rollstuhl durch den Flur nach draußen schob.

»Willst du hier sitzen?«, fragte er, als sie bei der Bank ankamen.

Sie antwortete nicht. Er schob den Rollstuhl neben die Bank, zog die Bremsen an und setzte sich neben sie.

»Wie geht's dir, Mama?«

»Man hat mir verboten, Fahrrad zu fahren. Ich darf überhaupt nicht mehr Fahrrad fahren.«

Im Herbstlicht wirkte ihr Gesicht ausgesprochen freundlich.

»Gleichgewichtsstörungen, sagt der Doktor.«

Sie war nie Fahrrad gefahren. Eine Dame fuhr nicht Fahrrad, schon gar nicht eine gebildete Dame. Er ging nicht darauf ein. Sie spielte nun in einer Welt, in der alles möglich war und die Glaubwürdigkeit niemals angezweifelt wurde, das hatte er schon beim letzten Besuch bemerkt. Ihre Gegenspieler und die Nebenrollen suchte sie sich selbst, sie gab ihnen Namen und legte ihre Rollen fest. Es kostete sie auch keinerlei Mühe, die Rollen umzuschreiben, wenn die Umstände es verlangten. Aber sie war zugleich ihr einziger Zuschauer. Er sah nur die Außenseite, die physische Essenz eines Menschenlebens, einen Körper, der aß, schlief und ab und zu mit den Augen blinzelte. Was ihrem Leben Sinn gab, verbarg sie vor ihrer Umgebung. Der Vorhang wehte auf, ein paar Zentimeter nur, dann sah er sie auf einem Fahrrad vorbeifahren, eine Sekunde, und der Vorhang schloss sich wieder. Kein Regisseur mehr. Das war der große Unterschied zu früher. Niemand gab ihr Anweisungen, wie sie sich auf der Bühne zu verhalten hatte. Improvisationstheater.

»Heute Mittag habe ich Vleminckx getroffen.«

»Wen?«

»Vleminckx.«

»Den Ersten Sekretär.«

»Ja.«

»Ja, der wohnt in der Nähe. Juliette kommt regelmäßig vorbei zum Bridge.«

Konnte er den Vorhang doch ganz aufziehen und auf die Bühne treten?

»Wir haben unter anderem über Save gesprochen. Bei Butare. In Ruanda.«

»Wir müssen aufhören mit den Reisen, Karel.«

»Roman.«

»Ich hab es schon so oft gesagt. Es ist nicht gut für den Jungen.«

Sie sprach viel undeutlicher als beim letzten Mal, als hätte sie das Gefühl in der Zunge und der Kiefermuskulatur verloren. Sie hatte in den wenigen Wochen abgebaut. Sie klang weniger gebieterisch, beinah gelassen.

»Es geht mir gut, Mama.«

Mit einem Mal sah sie ihn an, und es schien, als habe seine Antwort sie getroffen.

»Du, du. Von jetzt an muss unser Junge an erster Stelle stehen. Er ist alles, was uns geblieben ist.«

»Wir haben auch über Romain Du Bois gesprochen. Den Eisenbahningenieur.«

Sie schwieg und starrte wieder auf die Schwäne.

Er fuhr fort: »Er hatte einen Sohn von einer schwarzen Frau. Und er war verheiratet mit Marianne Tremblay. Sie hatten einen gemeinsamen Sohn, Walter, und eine Tochter,

Simona. Den anderen Sohn – den Halbbruder von Simona und Walter, den Sohn mit der schwarzen Frau, niemand weiß, wie sie heißt oder wie sie hieß – hat sein Vater, hat Romain Du Bois den Weißen Schwestern in Save anvertraut.«

»Ich will wieder nach Hause.«

»Du hast hier doch alles, was du brauchst.«

»Ich will hier weg.«

»Wie bin ich bei euch gelandet?«

Sie schwieg.

»Es gab überhaupt keine Epidemie.«

»Es gab viele Epidemien.«

»Warum sitze ich hier bei dir?«

Sie schwieg wieder.

»Sag was, Mama.«

Ihre Lippen bewegten sich, aber sie presste den Kiefer zusammen. Als murmelte sie Antworten, schaffte es aber nicht, sie deutlich auszusprechen. Ihre leicht zitternden Hände lagen verschlungen im Schoß, auf dem Mantel. Früher war sie oft lautlos in sein Zimmer geschlichen. Als er sie einmal gefragt hatte, warum sie das tat, hatte sie geantwortet: »Weil du mir gehörst.«

»Hast du mal mit Du Bois gesprochen, Mama?«

»Mit wem?«

»Du Bois.«

»Dem Ersten Sekretär.«

»Nein, dem Eisenbahningenieur.«

»Ja.«

»Wann?«

Sie schwieg wieder.

»Ich will wissen, was mit mir passiert ist, Mama.«

»Wo ist Karel?«

Statt zu antworten, fragte Morgan: »Warum hast du mir nie etwas erzählt?«

»Du musst mich in Frieden lassen, Karel.«

»Wart ihr mal im Kongo, Mama? Du und Papa?«

»Wo?«

»Kongo? Ruanda? Butare? Hat Papa vielleicht mal im Kongo gearbeitet?«

»Ja.«

»Sag was, Mama, sag was. Erzähl mir alles, woran du dich noch erinnerst.«

»Ich habe überhaupt nichts vergessen.«

»Also?«

»Ein anderes Mal.«

»Warum nicht jetzt?«

»Wir essen jeden Augenblick.«

»Ich will es jetzt wissen.«

Sie hob ihre Hand ein wenig und wies in Richtung der Schwäne: »Schau mal, schwarze Schwäne.«

»Hast du dir nie Sorgen gemacht?«

»Verlaine oder Dingenskirchen, wie heißt der andere … Ach, ich will nichts mehr lesen.«

»Sorgen, dass mir etwas passiert? Oder dass meine Mutter plötzlich vor der Tür steht?«

»Wir haben doch nur noch den Jungen.«

»Du hast niemanden mehr.«

Sie begann zu weinen, vielleicht jagte er ihr Angst ein. Die Tränen waren kaum sichtbar, grau, sie lösten sich in den Augenwinkeln sofort auf. In der Ferne sah er einen Mann und eine Frau, die sich Hand in Hand näherten. Er war kein Sohn gewesen. Er war alles für sie gewesen in seinem Leben, nur kein Sohn. Er hätte sie nie besuchen sollen. Er stand auf und brachte sie zurück in die Seniorenresidenz. Die Pflegerin fragte, ob der Spaziergang ihnen gutgetan habe, aber er gab ihr keine Antwort.

Wie letztes Mal stand das Auto an der Mauer, hinter der sich der Garten befand, auf den sie tagsüber blickte. Er saß noch lange da und sah die Mauer an, mindestens eine Viertelstunde. Endlich nahm er die Autobahn zum Meer, um dort einen Spaziergang auf dem Deich zu machen, wie er es oft mit Simona getan hatte. Gegen acht fuhr er zurück. Als er Lilly die Autoschlüssel zurückgab, fragte sie: »Und?«

»Der Wagen muss in die Werkstatt«, antwortete er. »Zu einem richtigen Mechaniker, er ist unterwegs liegengeblieben.«

Sie fragte, ob er reinkommen wolle. Er sagte, er sei noch verabredet. Sie konnte ihm doch nichts erzählen, was er noch nicht wusste.

Die folgenden Tage versanken in dunklem Nebel, die Übergänge von Tag und Nacht verschwammen, Stunden am Küchentisch, die vergingen, als hätte die Zeit ihn vergessen, schlaflose Düsternis und Musik, immer wieder Musik, seine Rettung, die Platten der Großmeister, das Klavier.

An einem Morgen saß er bei Pierre auf der Terrasse, die meisten Tische belegt, ein Mann, den er schon mal gesehen hatte, nickte ihm zu, als könnte er seinen Augen nicht trauen. Für die Jahreszeit war es kalt, aber sonnig, es war angenehm auf der Terrasse, solang man einen Mantel trug.

»*J'arrive.*«

Ohne dass Morgan etwas sagen musste, brachte Pierre ihm eine Tasse Kaffee. Sie hatten einander einige Wochen nicht gesehen.

»*Ça va?*«

»Mehr oder weniger.«

Für weitere Erklärungen hatte Pierre keine Zeit. Morgan holte ein Foto aus seiner Manteltasche, das er seit Kurzem ständig bei sich hatte, ein Schwarz-Weiß-Foto, das Vleminckx ihm einige Wochen nach seinem Besuch in Durbuy geschickt hatte. Morgan hatte keine Ahnung, wie er ihn gefunden hatte. Vielleicht über Lilly? Dem Foto lag ein kurzer Brief bei: »Wir saßen neulich mit ein paar Freunden aus Kivu zusammen, und dieses Foto machte die Runde. Ich kann mich täuschen, aber als ich den Namen las, musste ich gleich an Sie denken. Mit freundlichen Grüßen, Jan.«

Auf der Rückseite des Fotos war mit Bleistift notiert: »Walter Du Bois und Halbbruder«. Zwei Jungs, einer weiß, einer schwarz, die ungefähr dasselbe Alter zu haben schienen. Beide etwa zwei, drei Jahre alt. Sie saßen nebeneinander auf dem Rasen, die Linke des einen ein paar Zentimeter neben der Rechten des anderen, in ihren Gesichtern die Verwunderung von Kindern, die keinen Fotoapparat kennen, der Hintergrund war unscharf. Vielleicht der Busch. Oder ein Kolonialhaus mitten in einer Plantage.

Der weiße Junge erinnerte Morgan an Simona. Die gleichen dünnen Augenbrauen und feinen Lippen. Die Ähnlichkeit war frappierend. Hatte Walter in dem Alter wirklich ausgesehen wie seine Schwester? Nicht ausgeschlossen. Überhaupt nicht ausgeschlossen. Er steckte das Foto wieder ein. Die Touristen hinter ihm riefen nach Pierre.

»Spielst du am Freitag?«, fragte Pierre im Vorübergehen. »Ich kümmere mich um alles.«

»Okay«, sagte Morgan.